愚行之歌

孟浪詩選

孟浪 著

《中國當代詩典》第二輯　總序

朝向漢語的邊陲

楊小濱

　　中國當代詩的發展可以看作是朝向漢語每一處邊界的勇猛推進，而它的起源也可以追溯出頗為複雜的線索。1960年代中後期張鶴慈（北京，1943-）和陳建華（上海，1948-）等人的詩作已經在相當程度上改變了主流詩歌的修辭樣式。如果說張鶴慈還帶有浪漫主義的餘韻，陳建華的詩受到波德萊爾的啟發，可以說是當代詩中最早出現的現代主義作品，但這些作品的閱讀範圍當時只在極小的朋友圈子內，直到1990年代才廣為流傳。1970年代初的北京，出現了更具衝擊力的當代詩寫作：根子（1951-）以極端的現代主義姿態面對一個幻滅而絕望的世界，而多多（1951-）詩中對時代的觀察和體驗也遠遠超越了同時代詩人的視野，成為中國當代詩史上的靈魂人物。

　　對我來說，當代詩的概念，大致可以理解為對以北島（1949-）和舒婷（1952-）等人為代表的朦朧詩的銜接，其轉化與蛻變的意味值得關注。朦朧詩的出現，從某種意義上可以看作官方以招安的形式收編民間詩人的一次努力。根子、多多和芒克（1951-）的寫作自始未被認可為朦朧詩的經典，既然連出現在《詩刊》的可能都沒有，也就甚至未曾享受遭到批判的待遇，直到1980年代中後期才漸漸浮出地表。我們應該可以說，多多等人的文化詩學意義，是屬於後朦朧時代的。才華出

眾的朦朧詩人顧城在1989年六四事件後寫出了偏離朦朧詩美學的《鬼進城》等傑作，不久卻以殺妻自盡的方式寫下了慘痛的人生詩篇。除了揮霍詩才的芒克之外，嚴力（1954-）自始至終就顯示出與朦朧詩主潮相異的機智旨趣和宇宙視野；而同為朦朧詩人的楊煉（1955-），在1980年代中期即創作了《諾日朗》這樣的經典作品，以各種組詩、長詩重新跨入傳統文化，由於從朦朧詩中率先奮勇突圍，日漸成為朦朧詩群體中成就最為卓著的詩人。同樣成功突圍的是游移在朦朧詩邊緣的王小妮（1955-），她從1980年代後期開始以尖銳直白的詩句來書寫個人對世界的奇妙感知，成為當代女性詩人中最突出的代表。如果說在1970年代末到1980年代初，朦朧詩仍然帶有強烈的烏托邦理念與相當程度的宏大抒情風格，從1980年代中後期開始，朦朧詩人們的寫作發生了巨大的轉化。

這個轉化當然也體現在後朦朧詩人身上。翟永明（1955-）被公認為後朦朧時代湧現的最優秀的女詩人，早期作品受到自白派影響，挖掘女性意識中的黑暗真實，爾後也融入了古典傳統等多方面的因素，形成了開闊、成熟的寫作風格。在1980年代中，翟永明與鐘鳴（1953-）、柏樺（1956-）、歐陽江河（1956-）、張棗（1962-2010）被稱為「四川五君」，個個都是後朦朧時代的寫作高手。柏樺早期的詩既帶有近乎神經質的青春敏感，又不乏古典的鮮明意象，極大地開闢了漢語詩的表現力。在拓展古典詩學趣味上，張棗最初是柏樺的同行者，爾後日漸走向更極端的探索，為漢語實踐了非凡的可能性。在「四川五君」中，鐘鳴深具哲人的氣度，用史詩和寓言有力地

書寫了當代歷史與現實。歐陽江河的寫作從一開始就將感性與理性出色地結合在一起，將現實歷史的關懷與悖論式的超驗視野結合在一起，抵達了恢宏與思辨的驚險高度。

後朦朧詩時代起源於1980年代中期，一群自我命名為「第三代」的詩人在四川崛起，標誌著中國當代詩進入了一個新階段，1980年代最有影響的詩歌流派，產自四川的佔了絕大多數。除了「四川五君」以外，四川還為1980年代中國詩壇貢獻了「非非」、「莽漢」、「整體主義」等詩歌群體（流派和詩刊）。如周倫佑（1952-）、楊黎（1962-）、何小竹（1963-）、吉木狼格（1963-）等在非非主義的「反文化」旗幟下各自發展了極具個性的詩風，將詩歌寫作推向更為廣闊的文化批判領域。其中楊黎日後又倡導觀念大於文字的「廢話詩」，成為當代中國先鋒詩壇的異數。而周倫佑從1980年代的解構式寫作到1990年代後的批判性紅色寫作，始終是先鋒詩歌的領頭羊，也幾乎是中國詩壇裡後現代主義的唯一倡導者。莽漢的萬夏（1962-）、胡冬（1962-）、李亞偉（1963-）、馬松（1963-）等無一不是天賦卓絕的詩歌天才，從寫作語言的意義上給當代中國詩壇提供了至為燦爛的景觀。其中萬夏與馬松醉心於詩意的生活，作品惜墨如金但以一當百；李亞偉則曾被譽為當代李白，文字瀟灑如行雲流水，在古往今來的遐想中妙筆生花，充滿了後現代的喜劇精神；胡冬1980年代末旅居國外後詩風更為逼仄險峻，為漢語詩的表達開拓出難以企及的遙遠疆域。以石光華（1958-）為首的整體主義還貢獻了才華橫溢的宋煒（1964-）及其胞兄宋渠（1963-），將古風與現代主義風尚

奇妙地糅合在一起。

　　毫不誇張地說，川籍（包括重慶）詩人在1980年代以來的中國詩壇佔據了半壁江山。在流派之外，優秀而獨立的詩人也從來沒有停止過開拓性的寫作。1980年代中後期，廖亦武（1958-）那些囈語加咆哮的長詩是美國垮掉派在中國的政治化變種，意在書寫國族歷史的寓言。蕭開愚（1960-）從1980年代中期起就開始創立自己沉鬱而又突兀的特異風格，以罕見的奇詭與艱澀來切入社會現實，始終走在中國當代詩的最前列。顯然，蕭開愚入選為2007年《南都週刊》評選的「新詩90年十大詩人」中唯一健在的後朦朧詩人，並不是偶然的。孫文波（1956-）則是1980年代開始寫作而在1990年代成果斐然的詩人，也是1990年代中期開始普遍的敘事化潮流中最為突出的詩人之一，將社會關懷融入到一種高度個人化的觀察與書寫中。還有1990年代的唐丹鴻（1965-），代表了女性詩人內心奇異的機器、武器及疼痛的肉體；而啞石（1966-）是1990年代末以來崛起的四川詩人，以重新組合的傳統修辭給當代漢語詩帶來了跌宕起伏的特有聲音。

　　1980年代的上海，出現了集結在詩刊《海上》、《大陸》下發表作品的「海上詩群」，包括以孟浪（1961-）、郁郁（1961-）、劉漫流（1962-）、默默（1964-）、京不特（1965-）等為主要骨幹的以倡導美學顛覆性及介入性寫作風格的群體，和以陳東東（1961-）、王寅（1962-）、陸憶敏（1962-）等為代表的較具學院派知性及純詩風格的群體，從不同的方向為當代漢語詩提供了精萃的文本。幾乎同時創立的

「撒嬌派」，主要成員有京不特、默默、孟浪等，致力於透過反諷和遊戲來消解主流話語的語言實驗，也頗具影響。無論從政治還是美學的意義上來看，孟浪的詩始終衝鋒在詩歌先鋒的最前沿，他發明了一種荒誕主義的戰鬥語調，有力地揭示了歷史喜劇的激情與狂想，在政治美學的方向上具有典範性意義。而陳東東的詩在1980年代深受超現實主義影響，到了1990年代之後則更開闊地納入了對歷史與社會的寓言式觀察，將耽美的幻想與險峻的現實嵌合在一起，鋪陳出一種新的夢境詩學。1980年代的上海還貢獻了以宋琳（1959-）等人為代表的城市詩，而宋琳在1990年代出國後更深入了內心的奇妙圖景，也始終保持著超拔的精神向度。1990年代後上海崛起的詩人中最引人注目的是復旦大學畢業後定居上海的韓博（黑龍江，1971-），他近年來的詩歌寫作奇妙地嫁接了古漢語的突兀與（後）現代漢語的自由，對漢語的表現力作了令人震驚的開拓。還有行事低調但詩藝精到的女詩人丁麗英（1966-），在枯澀與奇崛之間書寫了幻覺般的日常生活。

　　與上海鄰近的江南（特別是蘇杭）地區也出產了諸多才子型的詩人，如1980年代就開始活躍的蘇州詩人車前子（1963-）和1990年代之後形成獨特聲音的杭州詩人潘維（1964-）。車前子從早期的清麗風格轉化為最無畏和超前的語言實驗，而潘維則以現代主義的語言方式奇妙地改換了江南式婉約，其獨特的風格在以豪放為主要特質的中國當代詩壇幾乎是獨放異彩。而以明朗清新見長的蔡天新（1963-）雖身居杭州但足跡遍布五洲四海，詩意也帶有明顯的地中海風格。影響甚廣的于堅

（1954-）、韓東（1961-）和呂德安（1960-）曾都屬於1980年代以南京為中心的他們文學社，以各自的方式有力地推動了口語化與（反）抒情性的發展。

朦朧詩的最初源頭，中國最早的文學民刊《今天》雜誌，1970年代末在北京創刊，1980年代初被禁。「今天派」的主將們，幾乎都是土生土長的北京詩人。而1980年代中期以降，出自北京大學的詩人佔據了北京詩壇的主要地位。其中，1989年臥軌自盡的海子（1964-1989）可能是最為人所知的，海子的短詩尖銳、過敏，與其宏大抒情的長詩形成了鮮明對比。海子的北大同學和密友西川（1963-）則在1990年後日漸擺脫了早期的優美歌唱，躍入一種大規模反抒情的演說風格，帶來了某種大氣象。臧棣（1964-）從1990年代開始一直到新世紀不僅是北大詩歌的靈魂人物，也是中國當代詩極具創造力的頂尖詩人，推動了中國當代詩在第三代詩之後產生質的飛躍。臧棣的詩為漢語貢獻了至為精妙的陳述語式，以貌似知性的聲音扎進了感性的肺腑。出自北大的重要詩人還包括清平（1964-）、西渡（1967-）、周瓚（1968-）、姜濤（1970-）、席亞兵（1971-）、冷霜（1973-）、胡續冬（1974-）、陳均（1974-）、王敖（1976-）等。其中姜濤的詩示範了表面的「學院派」風格能夠抵達的反諷的精微，而胡續冬的詩則富於更顯見的誇張、調笑或情色意味，二人都將1990年代以來的敘事因素推向了另一個高度。胡續冬來自重慶（自然染上了川籍的特色），時有將喜劇化的方言土語（以及時興的網路語言或亞文化語言）混入詩歌語彙。也是來自重慶的詩人蔣浩

（1971-）在詩中召喚出語言的化境，將現實經驗與超現實圖景溶於一爐，標誌著當代詩所攀援的新的巔峰。同樣現居北京，來自內蒙古的秦曉宇（1974-），也是本世紀以來湧現的優秀詩人，詩作具有一種鑽石般精妙與凝練的罕見品質。原籍天津的馬驊（1972-2004）和原籍四川的馬雁（1979-2010），兩位幾乎在同齡時英年早逝的天才，恰好曾是北大在線新青年論壇的同事和好友。馬驊的晚期詩作抵達了世俗生活的純淨悠遠，在可知與不可知之間獲得了逍遙；而馬雁始終捕捉著個體對於世界的敏銳感知，並把這種感知轉化為表面上疏淡的述說。

　　當今活躍的「60後」和「70後」詩人還包括現居北京的莫非（1960-）、殷龍龍（1962-）、樹才（1965-）、藍藍（1967-）、侯馬（1967-）、周瑟瑟（1968-）、朱朱（1969）、安琪（1969-）、王艾（1971-）、成嬰（1971-）、呂約（1972-）、朵漁（1973-），河南的森子（1962-）、魔頭貝貝（1973-），黑龍江的潘洗塵（1964-）、桑克（1967-），山東的宇向（1970-）孫磊（1971-）夫婦和軒轅軾軻（1971-），安徽的余怒（1966-）和陳先發（1967-），江蘇的黃梵（1963-）、楊鍵（1967），浙江的池凌雲（1966-）、泉子（1973-），廣東的黃禮孩（1971-），海南的李少君（1967-），現居美國的明迪（1963-）等。森子的詩以極為寬闊的想像跨度來觀察和創造與眾不同的現實圖景，而桑克則將世界的每一個瞬間化為自我的冷峻冥想。同為抒情詩人，女詩人藍藍通過愛與疼痛之間的撕扯來體驗精神超越，王艾則一次又一次排練了戲劇的幻景，並奔波於表演與旁觀之間，而樹才

的詩從法國詩歌傳統中找到一種抒情化的抽象意味。較為獨特的是軒轅軾軻，常常通過排比的氣勢與錯位的慣性展開一種喜劇化、狂歡化的解構式語言。而這個名單似乎還可以無限延長下去。

1989年的歷史事件曾給中國詩壇帶來相當程度的衝擊。在此後的一段時期內，一大批詩人（主要是四川詩人，也有上海等地的詩人）由於政治原因而入獄或遭到各種方式的囚禁，還有一大批詩人流亡或旅居國外。1990年代的詩歌不再以青春的反叛激情為表徵，抒情性中大量融入了敘述感，邁入了更加成熟的「中年寫作」。從1980年代湧現的蕭開愚、歐陽江河、陳東東、孫文波、西川等到1990年代崛起的臧棣、森子、桑克等可以視為這一時期的代表。1990年代以來，儘管也有某些「流派」問世，但「第三代詩」時期熱衷於拉幫結夥的激情已經消退。更多的詩人致力於個體的獨立寫作，儘管無法命名或標籤，卻成就斐然。1990年代末的「知識分子寫作」與「民間寫作」的論戰雖然聲勢浩大，卻因為糾纏於眾多虛假命題而未能激發出應有的文化衝擊力。2000年以來，儘管詩人們有不同的寫作趨向，但森嚴的陣營壁壘漸漸消失。即使是「知識分子寫作」的代表詩人，其實也在很大程度上以「民間寫作」所崇尚的日常口語作為詩意言說的起點。從今天來看，1960年代出生的「60後」詩人人數最為眾多，儼然佔據了當今中國詩壇的中堅地位，而1970年代出生的「70後」詩人，如上文提到的韓博、蔣浩等，在對於漢語可能性的拓展上，也為當代詩作出了不凡的探索和貢獻。近年來，越來越多的「80後詩人」在前人

開闢的道路盡頭或途徑之外另闢蹊徑，也日漸成長為當代詩壇的重要力量。

　　中國當代詩人的寫作將漢語不斷推向極端和極致，以各異的嗓音發出了有關現實世界與經驗主體的精彩言說，讓我們聽到了千姿萬態、錯落有致的精神獨唱。作為叢書，《中國當代詩典》力圖呈現最精萃的中國當代詩人及其作品。第二輯在第一輯的基礎上收入了15位當代具有相當影響及在詩藝上有所開拓的詩人。由於1960年代出生的詩人在中國當代詩壇佔據的絕對多數，第二輯把較多的篇幅留給了這個世代。在選擇標準上，有多方面的具體考慮：首先是盡量收入尚未在台灣出過詩集的詩人。當然，在這15位詩人中，也有少數出過詩集，但仍有令人興奮的新作可以期待產生相當影響的。即便如此，第二輯仍割捨了多位本來應當入選的傑出詩人，留待日後推出。願《中國當代詩典》中傳來的特異聲音為台灣當代詩壇帶來新的快感或痛感。

目次

輯二

輯三

輯外輯

輯

千年一九九七

鴿子踏響紅瓦
少女的赤腳被燙著了
來自羅馬的軍隊
也來自北京。

商旅圍困千年
解放的駱駝用白骨呼應
白骨，錚錚作響的
還有今夜不眠的群星。

自由，這大地上的露珠
在飢兒的鼻翼顫動
又在顛覆中危險地消失：
他們要長大──轟趨虛無！

1997.6.20

無題

戰書與降書之間
正是遼闊的國土
祖國，也許就這樣展開雙翼。

當一個幻影抵達火星
而不是胃鏡或太空探測器……
當另一個幻影正接近北京
而不是打地心冒起的幽浮……

流浪的國土
在白雲裡迷途。

當宇宙被兩個幻影所左右
而不是言情作家的描繪……
當兩個幻影有些害羞地重疊在一起
而不是眾少年的歡呼……

但我看到無盡的戰書把國土緊裹
降書在白雲裡被漂洗得如此潔淨
祖國，必須降落。

他滿是手指
她卻五官皆無
你敢於為宗教而寫作
默禱的眾少年現身在黑暗中。

流浪的祖國
土地測量員並不邁步,從身體裡放下帶罪的輪子。

1997.7.5-7.6

獨舞

古人揮手之間
大把的美髯
隨大把的時間飛揚。

他再一揮手
一匹駿馬
與他諦聽中的一節時間
渾然不分。

古人帶來的「時代」
被刮得鐵青的臉審視
被不長鬍子的臉鑒賞。

他揮手作罷
這臉上並無眼睛
這臉上並無──時間
古人，只來得及遺落這「時代」。

1997.7.14

畢業於霧中

霧中，世界已被可怕地縮略
在他腳下的方寸之上傲視

面對面的危險，也來自背後
一副在空中孤懸的魚網
還是一副被剔淨的龐大魚骨

霧中，課桌椅柔軟
學生們看不清這致命的區別

霧中，是一所學校的簡稱
家鄉人都這麼叫
學生們就要被知識撞倒了

他們從霧中畢業
逃向四面八方──

霧中，世界已被可怕地縮略
霧散之後，世界已轉眼不見……

1998.2.28

家的硬殼

家的硬殼
貢獻撩人的紋理和質地

當然還有繭，或者痂
從黏連到脫落

哦，終於被剝離
孩子們湧出，就像熱血

但目力剛夠辨識門牌
地址寫在天上

家的溫暖陣陣襲來
吹翻我的身子

在異鄉跌倒
正是更威嚴的端坐

一位慈父呵護他們
緊握松果，把手雷棄置

1998.3.8

**無
題**

我是紙。
你是布，溫暖我。

書寫和印刷在等待
而空白紛至沓來。

紙陣與布營分明呵
我們被抽象了的共同生活。

紙的天空飽含淚水
布的大地因凝重而飄逸。

我是紙，不是答案。
你是布。

1998.6.24

在海拔中

海拔升高了世界的寒意
在海拔中，他撥開上升到肩頂的神秘
在海拔中，他要拉住那離他愈來愈遠的手指

手掌，放棄了把握命運
手腕，繚繞著來世的煙雲
手臂，摺疊出今世的躺椅

舒適的，呵，不負責任的安逸
海拔，把痛苦的力積蓄
他將欣然釋放世人的所有笑容

1998.8.7

困難，刪改自己……

困難，刪改自己本已成熟的面孔
生活中的困難一腳踢倒高高的煙。

她的眼淚剛剛出土
依然晶瑩，另一顆星球才可能碰碎。

我們使用的警惕量遠遠不夠
生活中的枝蔓愈多愈看不見。

從雲中滴下，是她修長的手指
偏偏沒有落到琴弦——

惱人的牽絆在大鳥翻飛的遠方
不在過度鬆弛的客廳現實中。

抱憾之風，無一處遺漏
偶然發生的穀粒，統統被吹盡。

道路，道路也無力氣
道路的細腿這個冬天跨進了哪裡？

文物位於情感培養皿啊

而生命的幼芽在禮品盒的絲絨裡。

我們將從容地收容四季

最終，我也將收容你，一團小巧的零亂。

她的眼淚剛剛出土

她的眼淚好像不是眼淚，好像不是……

1998.11.29-12.3

「鷹不是白雲裡的寄宿生」

鷹不是白雲裡的寄宿生
而我可能是,也還優秀。

大地被時間裁成課本
鷹偶爾才翻動它
我終生在讀。

新娘在空中飛來飛去
她裁取了鷹的翅膀。

當我成為校長,滿是眼淚,不是威嚴
柔軟的閃電寫字,並委地

哦,鷹不是白雲裡的寄宿生,我枉執教鞭。

1999.6.2

無題

「扶住跌倒的玫瑰
把疼痛讓渡給我。」

鑲嵌在生活中的不悅滿目琳瑯
他放棄月球上的寶石種植園。

「攔截飛行的玫瑰
讓逃遁失去顏色。」

人類剛剛夠走出他的殘酷
切割痛苦,並打磨成繽紛。

1999.8.18

被氧化的內心生活：前奏

白紙升到了天上
那裡傳來耳語寫滿白紙
繁華落盡，繁華落盡。

笑容後撤了
他正面臨危險的職業的威脅。

有人敢於不服
封面痛苦
中心頁燃燒，藍，藍，藍……

仍是生活必需品的天空
已刷滿油漆
看上去如此簇新、亮麗。

生活一點也不耀眼
地獄在上升
邪惡的美麗趨向停——

千百萬人的笑容後撤了
他正面臨危險的職業的消失。

黑色戰鬥衣，黑色蝴蝶：
幾片世界上最大的樹葉！
幾片世界上最大的肺葉！

看哪！大街——被廢棄的生命輸送帶
人類，這些可愛的小氣泡、小斑點
生動地、更生動地動了起來。

1999.8.21-8.23

無題

放棄對種子的遠眺吧
土地深處無盡的酣眠在繼續。

冬天抱著冬天
溫暖蓋著溫暖
多麼像內在的群山倉促地逶迤──

巨人，嬰兒般退回……
破土，破土，到處是黑髮在破土
成為鐵絲，紮出腳手架和瞭望台。

放棄對虛無的打量吧
土地深處那手指尖的警覺將生長千年！

1999.8.31

戲劇場景

一生先知先覺在電話上渡過
但他並沒看清任何一張對方的臉
那一顆顆心更深，回聲至今尚未傳來
（他傾吐，傾吐出未來）

一生不知不覺在電話線上渡過
電話線上的鳥兒知曉，所以紛紛走避
電話線裡的電也明白，卻送得更歡
（他傾吐，傾吐出未來）

哦，電話，消費著這時代中一人的一生
電話線落下，裸露的線頭竟裸露猙獰
而靦腆的又一代齊刷刷騎上了話筒
（但他只是傾吐，只是傾吐出未來）

1999.9.8

悼

重複沸騰呵
少年時代的小鎮
石皮街滾燙、嘹亮
少年的赤腳在水深處。

鎮長幼小的心靈
讓我感到，他弄假成真
勝利者還在競逐
其中有一位叫「火燄的跌倒」。

重複燃燒呵
少年形成狂熱，也形成意志
馬路被拓寬，官爵正被馱來

———一如前進中的骨灰。

1999.9.11

途
中

玻璃把拳頭擊碎
中學生獻上手臂。

他的老師獻上邏輯
非此即彼——
（他們有過的選擇激動地歸零。）

玻璃，在窗戶上模仿玻璃
拳頭則羞慚地重新握成拳頭。

中學生獻上肩膀、背脊
把一座學校扛起
（放棄就是放棄。）

拳頭就是拳頭
不像拳擊手套擺設在女賓化妝間。

1999.9.19

生活

直立的恐懼
讓無膝蓋的人如何下跪？

演員說：他去劇院才是回家
演員的妻子說：他回家總在演戲。

只是關節如何彎曲
打擊的半徑如何縮短？

三歲的兒子說：他離開家，也就離開了舞台
兒子進一步說：他離開了舞台
遇見的每一位卻都是劇中人。

戰爭爆發了
化妝停止了
火箭發射架已然直立。

媽媽接過話頭：兒子，你去洗臉
我去化妝，你爸爸麼，他正在生活！……

無膝蓋人，無膝蓋人

生長更多的腿，在半空擺盪

洋溢愛情，呵，洋溢愛情。

1999.9.24-9.28

印象一號

在這裡，地平線被廢棄了
遙遠，被出色地終結了。

呼吸珍稀
所以歌聲短缺。

心有所忍、也有所甘的一人
在那全然無用的地平線下
用，用他最後的鼻息抬起落日。

街頭藝人呵，終生足不出戶
胡琴與吉他
更沒有互相駁難的衝動。

而他的白髮被嚴重地誇大了
被野蠻地擴張了——呵，沉寂的冰川
在萬眾舌頭的烈焰上抖顫。

地鐵停駛了
只是手錶停擺了
他一生惟有保持出發的姿勢。

在這裡，眺望被廢棄了
美，被可怕地終結了。

呼吸過剩了
卻歌聲已無。

1999.10.9

無題

我不要那把傘
所以雨停了。

獅子闖入人間的時候
並不知道甚麼叫制度。

公路上的見習哨兵
頻頻用刺刀尖
彈奏練習曲──

人性們逐漸互相厭惡
而「人們」變得互相更敬重。

故鄉小閣樓上的大鋼琴
退向歷史的深處
沒有導師的引領。

不住同一個村莊也都一樣
兩座縣城相對無言，陷入沉思之中。

到處在徵兵，徵兵
國家充滿了鬥志
血庫在激動，盪漾不已。

兩位縣長出自相同的一窯磚
或水泥，被築成又一道「看不見」。

我不要這片天空
星星像螢火蟲
被收進少年的褲袋裡。

獅子闖入人間的時候
並不知道甚麼叫憤怒。

我還是、還是不要那把傘
候鳥或歷史從我的肩頭積極地渡過。

1999.10.12-10.17

無題

老人公寓，兒童樂園

滿身中間值的時代青年走來

飄過一陣香菸臭，竟無任何意味。

他用一柄水果刀同時開了兩扇門

兒童撲向老人，呵老人

用底樓大堂沙發上的酣睡相迎。

同一座建築的悖異形態

同一個生命的重合方向

套住了，套住了，蜻蜓還是更不值的直升機。

而青春的翅膀勇敢地把自己剪斷

像兩扇門，脫落成兩扇艷麗的屏風

老人醒轉，把兒童的美姿一筆一筆描在上面。

1999.10.20

無題

大軍正越過地圖
一隻孤鳥掠過畫面。

墮落的火球不是太陽
是不具體的人，是焚燒本身
從香港到西雅圖，航跡鮮紅。

他抽走地圖
士兵們紛紛陷落
——哦，回國嘍！
——哦，返鄉嘍！

童年夏夜的天空布滿水泥
深情的吹笛人在灌注
世界在簇新的凝固中，然後崩裂。

一隻孤鳥直衝雲霄
把畫筆扔進地圖室——

溫柔地降下「流逝」
吹笛人四顧，笛聲已不知去向
卻分明帶走了所有瓦礫和革命。

1999.11.27-12.4

金地質師的銀妻子，或鐘錶匠女兒

雲中的礦藏飄忽不定
地質師的夢，在層層累積

十五歲少年時的遭遇
一方石頭裡步出一位天之驕子

眉宇之間月朗風清
而毒日頭憷憷地變成一塊舊胭脂

那冬天的第一場雪下在了春天
謹慎的冬天是在把春天超越

盲人扶著「我」的手回家
我是「機器」人，自動而安全

魯班的手靜悄悄生長
彈指間送出劍影般的墨線

鐘錶匠未能發表準確的時間
鐘錶匠總在取回零件的路上遲到

只有她的女兒在奔跑
但誰也看不出是進，還是退

在遺失的中途啊
剛剛還來得及想起「剛剛才見到……」

老友，金，在遠方衝著你苦笑
銀的低泣，她卻離你太近

地球盡頭的兩位親密飲者
激勵鬥志時，打發了偉大的光陰

在遺失的中途啊
智慧產兒在空中拖曳可愛的尾跡

2000.1.11-1.26

無題，或受傷的鋼琴

是鋼琴，還是礁石
是浪花，還是聽眾？

集合了，又四散開去
哦，潮流，押解著潮流。

對你們的誠實來說
沉默，可能是最高的美學。

互相敲擊吧，美學兄弟
琴凳上的德行，終於讓她受傷。

浪花拍打鋼琴
聽眾用雙手緊緊抓住礁石。

集合了，又四散開去
哦，潮流，是潮流，釋放了潮流。

2000.2.5

對告別的執行

腳與站立之間，倒下了
召喚的手臂──
我們每一次的身體
又一次被野蠻地抽象。

站立與前進之間，邁步
已成為飛逝的過去：
城邦呵，光和影，明和暗
是和非，行者用身體正瘋狂廓清。

前進與道路之間，到處是
方向的喪失──
我們每一次的生命
在喪失中回歸或抵達，渾然不覺。

道路與目的地之間，僅剩、僅剩
無窮盡的腿、無意義的擺盪
我們是靜止的、劇烈的──

這是對告別的執行

這是執行中的告別

有些本質低頭不語，有些，隨風飄零。

2000.3.7

無題
——在 Beebe School

小學裡的魚兒多麼想游向大海
孩子們輕輕捧出一些電子魚缸。

被嬌寵慣了的大海呵
剛強的孩子呵，究竟誰征服了誰？

星期天寂靜，有些人長眠不起
有些人全家歡聚，在苦海公園草坪。

魚兒爭相啄食過的天空在夢中
讓孩子們更清澈，更下落不明。

適於高翔，也適於急墜
小學裡的魚兒沉沒在祖國深處的池塘。

2000.4.8

無題

不需要走到世界的盡頭
你就會遇見公共的憂傷

那觸手可及的地平線
也早已氣若游絲──

斜陽下城市並無溫柔的剪影
到處是巨獸屋尖的利齒密布

即使到達了僥倖的那裡
豁然洞開處仍機關緊鎖

啊，黑色花奔湧，黑色鳥繚繞！

2000.5.10

無題

一個孩子在天上
用橡皮輕輕擦掉天上唯一的一片雲。

一個孩子在天上
像趴在一張屬於他自己的圖畫紙上。

一個孩子在天上
用鉛筆淡淡描出無數個孩子的樣子。

一個孩子在天上
他的痛苦，他的歡樂，他的蔚藍，無邊無際。

一個孩子在天上
他還決定，他的一生
必須在此守望橡皮的殘碑，鉛筆的幼林。

哦，教員們在降臨——
一個孩子在天上用雙手緊緊按住永恆：
一個錯誤的詞。

2000.6.4

當靈感咆哮起來了

當靈感咆哮起來了
美學的人們臉孔突然慘白
美學的國度，把風景的腰悄悄放低

今年，我五年前就回憶過了
五年前，大家都聚在了今年
為同樣的激情：生命、道路和真理

狙擊手說他是隨著某一顆子彈重返
猛虎的懷抱，含蓄、委婉
讓千千萬萬人感到溫暖

看哪，美學的人們正在虎皮上打滾
他們是一群啞童，但擅長辯術
已把嗓門練得又粗又大

當靈感咆哮起來了
迅速中斷的是另一類驚恐
呵，笑上面，沾滿快樂的悲哀因子……

2000.6.7

無
題

堆放在神聖塑膠筐裡，某本舊書
兀自憶起裝訂工讓它誕生的時刻。
（裝訂工不慎切傷自己名貴的手指……）

咖啡座並感受不到它的悸動
因為我們也恰好在書店內部生病。
（你的笑容激起我猛烈的羞慚……）

某本舊書偏偏被熱情的過客挑剩
只能在冷風中度過夏日的某個午後。
（臨時僱員出門收攤時臨時加一副袖子……）

當天的報紙迅速變舊、變脆
新聞遊盪在街頭，馬蹄踩痛標題。
（哦，波士頓環球，波士頓先驅，波士頓都會……）

我摸了摸座邊僥倖逃過海報的裸牆
好像就是戰時地堡的鋼骨水泥。
（母馬不為所動，依舊踏過遙遠的上海南京路……）

2000.6.13

無題

詩人的自行車飛翔在世紀的地洞裡
深海，努力探出它浩大的頭好奇：

而一座尖銳島嶼的努力只是卸下肩
不是擔子，但詩人的自行車後面馱著米：

少年時分的一粒米，碩朋無比
在地洞裡，更回到神聖種子的美好時光：

其實莫名的它已經探到了底
極限，生命的極限，是另一只無限的輪子：

圓的，永不轉動，沒有起碼的起點
卻終於有了終點，那裡驟停著畫家虛構的馬：

在現實裡，是我們在羞澀地奔跑
並吃光地洞上空所有如茵的青草。

2000.7.14

祖國

如此赤裸的鳥兒
被投入如此赤裸的天空

如此赤裸的天空
鼓舞起如此赤裸的太陽

我們在恐怖中──

呵，鳥兒痛失羽毛
太陽痛失光芒

我們在可怕的黑暗中⋯⋯
我們在可怕的飛翔中⋯⋯

2000.7.25

無題

大悲憫，不會讓淚水
掉成斷了線的珠子
滾得遍地晶瑩……

大悲憫，有時就是
連續上升、連續上升的
新月──在人間卻了無痕跡

但高懸著的，是誰的淚水
他也在更高處，完成隱忍
然後俯身，且仆倒
傷及一片卑微的、耀眼的純粹

碎了，都碎了：所以呵
大悲憫，要求我們聚合
也要求我們分別……
……放下藍色的鋼，揀起黑色的鐵……

2000.11.18

無題

在痕跡下面我們活著
證明著：我們活得不露痕跡。

因為疲倦，才拖曳出一條大山
大山自己拖曳出一個正在翻越它的人。

一百年已然過去了
但他仍無法接近那峰頂的絕望。

一條大水邊長著一條村莊
他回來，他只有回來了。

他俯向水面，把去年傳來的漣漪撫平
並告慰：在痕跡下面有人活著……

2000.12.2

行又唔係，企又唔係

我一生遭遇的寂靜，歷史上罕有
皇帝的耳朵僅用來傾聽

資本主義屹立，「塌陷」上升著
鷹架上的擦窗工，卻要展翅而飛

他是我的一個窮哥兒們
渾身掛滿風鈴，而箭囊癟了

他的鈕扣或拉鍊，無關那補衣婦
只在洗衣機的狂旋中，抵抗——

書匣長滿蟲子，純然不是知識
麥子抽打著我、我滿身的寂靜

毫不知名的吸引力：你與我接壤
玻璃幕牆映出這鑲邊的荒涼

呵，皇帝，只一步跨到地面了
只一步，就跨到虛無了——

而我們爭吵，我們和好，我們無動於衷
排著隊，等待進入「家庭站」……

行又唔係，企又唔係
但落葉，歡天喜地地沾住了他傲慢的腳步

2001.1.19

*「行又唔係，企又唔係」：粵語，「行」即走路，
「企」即站立，「唔係」：不是。此指走路也不是，站
著也不是。

致高中一年級的某學生

躲著有限的死
活在無限的生裡。

呵,寫作的成長,必有根鬚
或枝葉,去觸怒不必要的淨空區
飛行,深植於禁閉的大地。

一個一個地死
一段一段地死
一片一片地死
幾乎就等於凌遲。

與落伍者為伍
保持同樣的拍節,同樣的運命
還與厭舞者共舞。

刀,削盡了空氣
空氣,用盡了力氣。

寫作的凋零或豐碩
但看詞的泥土貧瘠還是肥沃
翻開苦力的字典,卻見鷥飛草長。

一團一團的無
一絲一絲的無
絕不會再是死
它，幾乎就等於復活。

2001.2.6

急墜

為甚麼在政府學院念詩
劍橋附近的野鶴才隨暗潮退去？

希臘詩蒼茫，詩人在此地
與雅典的遊子萍水相聚：

太陽微明，呵微明
帶著好幾重怒放的決心。

眾人只是聆聽，並無激辯
剝離出希臘無邪的本質——

古奧，或平實，五層樓而已
不是殘篇，也不是嶄新荷馬的終卷。

2001.2.9

無題

直升機，好像被砌進了空中
麻木的翔，警覺地禮讓到另一邊。

有人從那裡只扔出一枚硬幣
預言著的是：命運，不知所終！

呵，正面的王落地，才仰天長嘆
緊急救難中心卻傳來沉默。

現場的焦急流於又一次的煎迫
殘忍的知覺如何出賣至深的痛？

雨前，蜻蜓們正勇敢地自救
在繩梯上，有人探身試圖把深淵整理。

蕭條之後，躲避人生的閃失
蕭條之後，又轟轟烈烈富餘一些要件：

──假牙，助聽器，和老花眼鏡
以及起飛，那無告的終極性。

2001.3.12

三月的無題

慘淡的紅：我按在天上的一枚指印
現在是那顆在濃濃的雲層後
勉強透露行跡的太陽……
她更悲觀，她是說：一處小小的凍傷。

而我在詠春，在大地上畫押
她，她便起出一連串尚待辨認的
十字架——哦，我們共同的罪性
坦途上這如此岸然的可怕迷津。

2001.3.21

空靈一節

你向我眨眨眼睛
示意我讓這個世界繼續墮落
我何德何能
管子工接通天堂之路。

有一天，曠野降臨在城邦中央
哦，曠野終於獲得了曠野性。

我套弄正常的人間
正常的山，正常的水
正常的鳥和正常的魚
正常的厭煩。

酸棗和澀柿子，一對高貴的兄弟
雙雙亮麗，在骯髒的小酒館裡。

而空靈也朝我眨眨眼睛
示意我你甚麼也幹不了
所以我繼續敲敲打打
一節生銹的鐵管，一段世界的胴體。

2001.5.28

「回收燈塔的人，在歸途中」

回收燈塔的人，在歸途中
他已觸礁，——太多的塔影飄零

此前他曾專注於從水面
把自己的足跡打掃乾淨

這樁虛妄又嚴重的事務
讓他滿載而返時遭遇不幸

另一個海圖測繪者的自轉
彷彿一面信號旗瘋了，全然瘋了

他在繽紛的空域盤旋
精力耗盡，皆因更大的激情

無法降落：從掛念到懸疑，月亮呵
他如法炮製的又一面袖中之鏡

2001.9.10

輯一

無題

有的東西打碎，就成了玻璃
有的東西那樣造（作），就成為堅冰

三個舞者，由女子充當
看哪，鐵餅虛擲、弓箭空射
教世界迅速歸回和平

想像力打碎了想像力
只是把玻璃和堅冰攪拌在一起

三個舞者，三顆細鞋釘
大歷史的海平面仍在傾覆
一紙盲文也正穿過瓶頸

兩種透明，互相套取
亮度，不幸地淪為深度

三個舞者踏足處，沉沒三處人群
她們的胸乳絕不哺育懷疑
一整個民族的呢喃，那是湮滅中的證據

有的東西被打撈上來了

有的東西就這樣造（作），融化成無望的鋒利

2002.1.18-2.1

紀念
——為「六四」十三周年而作

他們的血，停在那裡
我們的血，驟然流著。

哦，是他們的血靜靜地流在我們身上
而我們的血必須替他們洶湧。

他們的聲音，消失在那裡
我們的聲音，繼續高昂地喊出。

哦，那是他們的聲音發自我們的喉嚨
我們的聲音，是他們的聲音的嘹亮回聲。

在這裡——
沒有我們，我們只是他們！

在這裡——
沒有他們，他們就是我們！

2002.3.11

孤兒與孤雁

乘客們紛起鼓譟，我依然坐著
聽力，已及群山以遠
荒村中一人瀕死前的囁嚅。

孤兒衝進了混凝土深處
三天後，乾了。不見了。

他不會再來：最優秀的一員
遠離這顆星球，他才更是流星
停機坪上，舟船在水泥地面起伏。

眾人已成華麗的浮雕
純粹泥塑，時代風雨裡化作污水……

食品供應車怎麼可能就像葬禮
我站起，向乘客們脫帽致敬
他們的背影被駕駛艙門鎖閉。

當年，孤兒衝進了法庭
而孤雁在空中，愈趨寧靜。

溪水滿溢開來，海洋斂起
我和他們一樣，卻呼喚動力，呵動力
所有的喧囂止於一聲嘆息。

孤雁把自己擲入藍天
十秒鐘後，也藍了，藍了：目擊者宣告失明

2002.3.22-3.24

破壞力

1.

請柬正在遠去：它的紅色
是最後一滴血在大氣中凝成烏有。

排練教室裡擠滿老兵
天才兒童在門外徘徊。

音樂，從上個世紀的角落傳來
琴鍵非暴力，卻自己擊打自己。

哭泣的人兒把聲音收回
磁石還吸住幾片孤雲。

請柬正在遠去：它的鐵正在流失
音叉立在那裡發出最後的顫抖。

2.

晚年，正露出它的曙光
孩兒臉，哪經得起這麼久的看
如今是歷史扁平而模糊的鏡子一面。

孩兒，舉起過花骨朵儿一樣的拳頭
辭退所有服從的心情
他要停止給大森林帶去木材的命運。

輪船和列車都已升火、出發
還獲得了那可怕的命名：
哦，大慶工人之死號，正莊嚴地前進！

晚年，剛露出它的曙光
老人，黑壓壓的一片，打天邊湧出
這個早晨鏡子跌碎了，他們也將被風吹散。

3.

一隻鳥兒謙遜如斯，拼命在撞
一群蝴蝶，急切地試著隱入。

遙遠地平線上的那道屏風
看起來並不顯得多麼孤獨。

在優遊者半闔半開的視野裡
它也已被完全忽略——

當優遊者手中的那把玲瓏團扇
拖曳成無邊長長的黑煙。

我，我看見那屏風散作幾摺灰飛的彩翼
而我們各人的命運，當然咎由自取。

2002.3.27-3.30

不羈之旅

熊熊燃燒的世紀火焰
如水撩起，如水撩起──
一些人斯文得體的髮絡

他們正解下馬鞍五百年
捆綁純金的廄房一分鐘

哦，拉斯維加斯的皮草商
抹去了獸跡，卻又重現獸行

他，囤積別人的眼淚，多少盎司
完全不顧比例，情感
只在情感過濾器裡得到過濾

最後一張王牌的明面
他的臉頰被腰刀無情削出

黃昏嫻熟地浸入長眠人的眼瞼
披著潔白的血，他來了又走

2002.6.11

無題

落葉和飄雪在空中互相禮讓
我與你的擁抱無形而有力

——他是引經據典者
瞇著眼訪察路況和傷情

樹根，艱難地走動起來
天，把頭垂得更低——

所有的道路都上路了
所有的河水都下水了

「人類」帶著引號還在廝殺
我與你的擁抱，分開時聲如裂帛

我與你的擁抱呵，讓無奈分外積極：
落葉剛到家，飄雪正看花

2002.7.18

十月：上帝的筆誤

首先，人總是錯的
首先啊，是人就總是錯的

儀仗隊潰散了
獨木倒成林了
典禮官的赤足在深宮不知處

首先，總是錯的是人
首先啊，就總是人是錯的

窮孩子於筆挺如刀的褲線畔
穿行，躲避加害
但割傷剛好勝過暮秋的雨絲

人，動了動：囁嚅，或嘟噥
人啊，動了動手腳

儀仗隊潰散了
髮梢間滴瀝駿馬咀嚼不已的心事
獨木也就成舟吧
他的劍蒼茫時分刺入水中

——首先，人錯了

——首先啊，人錯過了……

2002.8.19

渡過

我尚未遭遇成群的露宿街頭者,那一位
卻已幸福地望著星空,眼瞳閃爍幽光

午夜綠蔭下黑暗處的傾談,絮語
原來打地室內溢出,還漫過更狂放的敘事

這些膚色、種族、性別和年齡相異的人
散布在撒向著名觀光點的途中

有的像楔子就直接切入景區中央
安睡,他們自有不同的間接原因

誰教他們選擇如此渡過波士頓的心臟
一夜,又一夜,頭枕小小旅行——

你只是負氣之下的興起,離家
今夜你將流落舊議事廳的金碧輝煌

夢啊夢,另幾位互相不知擁有同樣高邁的現實
拾荒人的座車取自他們時常瞭望的超市

他們正維繫他們的微型生活：天空和大地
目光殘剩也輕掃過路人不馴的腳踵

2002.9.10

完成

誰在日復一日翻動田園詩的場景
彎下腰，又直起身子
她燦爛的頭巾隨手就摘成了夕煙

哦，一枝驕傲的花莖上
有人掐算正枯萎下去的蓓蕾
還剩下多少分秒彌留香氣

無數隻鐵色蜻蜓的十字
懸浮於空中，生產著時代的震顫和不安

比一個箭步多，他卻迅疾
消失於神聖講壇邊的側門
有人，在門上安了拉鍊
嗞啦一聲，他被裝入他的世界

而我在遠方徒然地誇大風暴
撲面的只是花灑的霪雨
甚至不在臉龐上凝結未來：誰堪締造啊
眼淚，星光，疼痛，故鄉

2002.10.17

一個詩人在哈佛的朗誦

我們的世界更動了它的地點
從愛默森廳到紀念教堂。

人在他縹緲的一生中
卻蠻橫地把純形式霸佔
他把玩——多少——意味？

管風琴一路無聲，如瀑布凝固
也感動中途的那些終極聽眾。

喏，時裝女郎袖揣北平手爐
業已訪問非洲，在那裡
赤裸的饑餓的孩子洶湧！

燭台無燭，疑似詩壇無詩
這詩之王者已告別王者之詩。

一條背脊的直線，另一條
投出的手臂的拋物線
沒有偶遇，也沒有長訣。

塵埃在堆積，畢竟不再壘作名山
只是目力所及數十行樸素的玉體。

人的一生，提綱性地活了
人的一生呵，要點性地到過了
他在人的一生中恪守漲落沉浮。

世界更動了它的存在，我們
更動了如此豐贍的空洞、鮮活的寂滅

2002.10.22/2003.5.29

瓦格納在講堂上

一個不年輕的瓦格納當然講著易老
另一個瓦格納貢獻永生的沉默？

時間洋洋灑灑
細碎、飄忽、殘忍、散漫又執拗
在落地窗和硬木地板上淋漓
瓦格納對瓦格納──

一個瓦格納激動起來
另一個瓦格納，萬變不離其宗：

統統是暮年烈士
依然年輕，依然，一弦（玄）定音
時間麼，洋洋灑灑
學術講義、音樂精靈……

2003.4.14

奇境

束手待縛與束手就擒之間
享樂之徒掙得了自由，一剎那

滾沸的月亮凝固，這球形香皂
忽又顫動起來，被抖作一團肉凍

如果真能袖起雙手不吃不喝多好
天上哦，天上，降下了天

它有充分隱蔽的小腳，倖存的
或特製的，就這麼矛盾，它竟踱過來

而天之寬大也未能蓋遍每一個人的身子
再給他們幸運百出的纏綿庇蔭

位於我們這顆星球平坦又性感的中央
那裡新築起的巨大爐台望不到邊
還高架酷似白骨卻正焚燃的嘉禾

享樂之徒坐擁無能的快樂暴曬
魚乾、蝦米在大海深處游得更快且更歡

因了一些最古老的技術和願望

它轉念間已化為蒸汽，和露水

將持按鈕者殘剩的一根完美手指輕搭

2003.5.4-5.6

舊址

一張普通的紙張，輕輕地
從薄得不能再薄的拍紙簿被撕下
對摺，再對摺：呵，小心翼翼

到處是一樣的紙片
曾經摺起，再摺起，現在飛起，再飛起
舊址，從拍紙簿跌落

藏入貼身的上衣口袋
不要忘了時時把它掖緊
舊址，無奈又不馴

舊址，沒有消失
只是道路並不通向那裡
舊址，在那裡，高大而寧靜

從紙片上認出所有的里程碑
唯一的目的地和最後的居所
已無舊址，哪怕一丁點痕跡

把紙片收妥，也才邁出步去
卻到處是舊址，是同樣絕望的
地點、路名與門牌——

舊址，沒有消失
只是人群並不湧向那裡
舊址，在那裡，高大而寧靜

2003.5.12

士兵的運命

戰爭小睡的樣子
也一臉的無邪

那些在防空壕內
和坦克炮塔中的士兵
小睡著他們的生命

那些正遠程奔襲的
巨型轟炸機，飛行員和投彈手
竟也小睡著

眨眼之間，炸彈爆裂了
戰爭醒了……
（這面目當然可能宛如猙獰……）

戰爭醒來的樣子
嚇壞了它自己

那些在防空壕內
和坦克炮塔中的士兵
長眠了——

那些正遠程奔襲的
巨型轟炸機，飛行員和投彈手
了無蹤影

呵，戰爭醒了，爆裂物炸了
無數種子遍撒彈丸
之地，攝取性命！

所以，戰爭死了
戰爭死的樣子讓人平靜

那些在防空壕內
和坦克炮塔中的士兵
醒來了——

那些正遠程奔襲的
巨型轟炸機，飛行員和投彈手
又滿滿當當地回來了——

士兵們圍在一起
看戰爭死的樣子……

看自己復活的樣子⋯⋯

2003.5.14

青山巍峨祭

——為紀念「六四」十四周年而作

四季流經大地
大地有情
烽煙流經大地
大地有淚
荒蕪流經大地
大地有痛

美酒漫過白骨
白骨有情
鮮血漫過白骨
白骨有淚
黃沙漫過白骨
白骨有痛

大地與白骨之間
惟青山是情啊
大地與白骨之間
惟青山是淚啊
大地與白骨之間
惟青山是痛！

2003.5.27

無題

他說他缺乏上升的勇氣
那裡是頂峰，到處是被遺棄的發動機

棉花垛，堆起一座峭崖
峭崖上的人顫巍巍地站著
又重重地一頭栽下……

還有人在上升，他說他看到
頂峰之上，有人划動孤單的雙臂

但兒童嬉戲中的蹺蹺板
高聳的那一端落下後，又彈起
峭崖：機會主義者的保姆可怕地中立

正是頂峰之上，尚存翱翔或墜墮的隙罅
有人在上升，他的目光漂亮地上升

呵，棉花垛燒了起來
終於，紡織廠百煉成鋼鐵廠
終於，戰時軍需品把兒童玩具櫃佔領

直到連畏懼也感到畏懼，他說他，眾人說眾人
看見翅膀、羽毛和性命，到處亂飛

2003.6.17

無題

我們有過羞愧
把臉深深地埋進地裡

痛苦在逆行，加劇了危險
與幸福迎面相撞，而非鎮靜敘述中
描畫的詩意相遇

甚至恥辱還蓋了我們一身
但我們的脊背不顧一切地雄壯起來

一千條眉毛在飛
痛苦，已破相，它也已破局
僅有的懲罰作繭自縛

當然你們可以繼續唾面自乾
你們當空閃爍一些唾沫星子

現在，誰又孑然一身
走在離開生命管制中心的途中

我們的脊背雄壯起來
更大的羞愧已成堅硬的土塊

那受傷的家與同樣受傷的醫院之間
道路遍地，呵道路遍地

更大的恥辱在崩裂中
我們的脊背正炫耀汗珠，和山岳

2003.6.26-6.28

無題（一部書）

散場之後
罪人都到齊了

清場之後
各人的位置更明確了

空場之後
福音未能暫停在遠方

離場之後
神的目光在原處，已成世界的原點

給世界暖一暖場吧
觀眾的一生總在誤場

救場加深了罪孽呵
退場的方向才是他們一生的方向

哦，終場之後
當然他們各擅勝場

比如不堪回首的過場

比如子虛烏有的加場

但他們從未到場

他們且無須開場

他們不再出場

他們也不必有下場

罪人滿場

男與女各佔半場……

合起來吧，非關有人缺場

只因有罪之人終於膽敢怯場

2003.9.27

十月

是末日在引領我們前進
全金屬的人聲更激越了。

抽屜口，一座懸崖停在那裡
懸崖頂上停著一張八仙桌：

骰子與棋牌，詩書與酒
在崖底，仍然有通往更不測處的樓梯口——

仍然有人失足
仍然有人若無其事關上抽屜。

末日，在引領著我們前進
全人聲的金屬泊遍晴空。

但是末日在引領我們前進
我們又迎來了濫觴的一天。

2003.10.5

偉大的迷途者

偉大的迷途者，他正在創造他的道路
失群的恰是眾人，多得無以計數

偉大的迷途者，從他們當中兔脫
剛跨出第一步就教眾人不見了影蹤

他一個人迷途的樣子
不讓眾人有份分享他的孤獨

他一個人迷途的樣子
卻讓全世界的地圖和路標都無所適從

偉大的迷途者，正挑挑揀揀
對著腳下盡情湧現的道路……

偉大的迷途者，決定終於作出：
征途才是歸途，征途就是歸途

偉大的迷途者，他正在考驗他的道路
哦，受難的迷途者，他正在成就他的道路

2003.10.9

不現實的人

「你是一個理想主義者
所以在現實面前……」

「不，我是現實主義者。」

「你是現實主義者
那麼其他的人是甚麼？」

「其他的人是現實。」

2003.10.18

大渙散

走進鏡子的
後來走出牆
是空牛奶瓶

走進牆去的
卻走出了鏡子
是大時代的奶嘴

走進門的
和走出門的
是同一個人造人

牛奶被潑出去了
不，潑出去的是
一整頭奶牛

鏡子碎了
牆塌了
門扶住門框痛哭

2004.2.10

今夜

當然是靈感在禮貌地敲門
我把她迎了進來

她徑直到我的桌前坐定
好像我早已經遠離

她伏在案頭，那專注的神態
教我不敢把她驚動

她奮筆疾書，容不得我半點猶疑──
我，終於退出了房間

「靈感在我的房間
我的房間充滿靈感」

「今夜，我流落街頭烏有的字裡行間
今夜，我將在誰的白紙上空度過黑墨水孤懸的一晚？」

2004.8.31

數字之傷，數字之痛（獻給 2.28，也獻給 6.4）

***

一些數字是一些人失蹤的日子
一些數字是一些人犧牲的日子

又一些數字呵，是這些失蹤者的人數
又一些數字呵，是這些犧牲者的人數

這些數字，也是這些失蹤者永生的日子
這些數字，也是這些犧牲者不朽的日子
數字之傷，因它曾被野蠻地抹去
數字之痛，因它曾不得不珍藏深深的心底
但這些數字已是刻在天上的星辰
但這些數字終於照亮世人的眼睛
這些數字現在停留在這一刻
它願意自己是最後的統計，永遠也不要再多出！

***

太多的數字纏繞我的記憶
就像太多的國家繚繞我的身體

那些制服人戴著面具，唱著高調，下著狠招
那些足夠數量的概念，想像，現實和推理
而我的國家隱瞞我，躲避我，逃離我
為了它拂逆人的一個荒唐罪錯

我向我的國家揭示我，呈獻我，投放我
那一連串數字的悲愴和傳奇，我已銘記
當我試圖撫平傷口，撫平激情波浪，那人群海洋
手與手互相攙扶，手與手互相緊握！

＊　＊　＊

是的，一些數字曾是噩夢，日復一日
是的，一些數字曾是禁忌，年復一年

數字是無言的，痛苦是無言的
而希望也是無言的，未來在那裡更是無言的

我們搖動它，叫一些數字甦醒過來
我們鼓勵它，叫一些數字大膽說話，痛苦
說話了，哭泣，尖叫，希望

說話了，暢談，歡語，未來
說話了，世人呵，是否都已聽見
每一張新生嬰兒的笑臉都將是遲到的正義
在復仇、懲罰、懺悔、伏罪種種的膠著之間
竟是寬恕，竟是寬恕，才是最嚴厲的審判！

＊ ＊ ＊

在這裡一個數字曾是被禁止破解的謎
在那裡另一個數字仍然也是，彷彿已成世紀之謎
總有一日他們將從不死中驚醒
他們重新來到生活中間，要打扮得更漂亮的
是一個國度，還只是他的一位新嫁娘
是一座房舍，還是他的又一份信仰

他們望著驚喜地望著他們的人們
這一次的生命在給出一個如此悖謬而圓融的箴言
基督，敵基督；祖國，敵祖國
烏托邦也就更簡單了，呵，敵托邦！

* * *

有些數字看來無法不是異常沉默的
有些數字在內心必得分外嘹亮

人類因數字存續不滅的記憶
也因數字人類的另一類人製造著可怕的遺忘

呵，數字之傷，數字之痛
讓數字無畏地站立起來，更高大
讓數字勇敢地走動起來，更無處不往
讓數字在蒼天下發出控訴、拷問與呼告
卻曾經，也正在，還將要呵，喪鐘為誰而鳴
這數字不再是日子，這數字不再是時間
誰能數得清？誰能在這裡數得清
這數字是血滴、汗滴、淚滴、雨滴，四海飛濺，八
荒轟響！

2005.2.21

運海的船夫

拉起滯澀記憶的百葉窗

卻讓無翅的天空悠然滑下：

運海的船夫孤獨

運海的船影單形隻：

衛星留在那兒一動不動的空處

已是一幀死去的圖畫：

他籲請更高的高山，更高的高原

他走向更深的谷底

撈捕看不見的漁獲：

一把錫製的通天之梯

不及一少女虎口的長度：

當海已被搬空

那浩瀚兀自苦苦翻捲：

他正渡過整個人類

還溶解熱淚與冷冷的不屑：

大海曾待過一會兒的地方
是群山與群山之間
千年也夠不著船夫的優美代謝：

孩子們雀躍，孩子們狼奔
他們就、就救起孩子：

他們救起孩子腳下的大地
一雙雙幻作大海的小小童鞋！

2005.3.27-4.17

帷幕拉開了

帷幕拉開了：提詞員急忙捂嘴

燈光師，摸索著頭頂的黑暗

道具工敲釘子敲出鮮花朵朵

地平線上的下弦月啊，背有些痛

虛無，總在被下一個（人物）持有

證明，指認黑暗不可拒絕的正當性

太陽的恐怖巨翅，羽毛都已濕透

風以無所本的線條，書寫它的本所無

夜深了，更早起，讓霞光滿天

成了錯誤，酒杯愈擦愈黑──太亮了

那是更大的錯誤：無人理睬

白晝，熱浪高調地教訓著人類

人群與獸群，如何友好相處

在動物園和穿衣鏡被禁止發明之後

人群中衝動著界限不明的愛的洪流

以身飼虎，也要為虎作倀──

帷幕拉開了：舞台下落不明

落日的硬紙板，尚欠、尚欠刷上金粉

月亮不願意升起就是不願意升起

桌上的一席人，嘴張開了動機……

2005.5.2/2007.8.5

無題

空姐推著餐車，筆直推出了艙外
背影像一枚孤獨的剪紙

她如此鎮定，直接逼近了落日
餐車的冷金屬寒光瀲灩

她瞥見面前立起的一排葡萄酒
圓壯的易拉罐，還有她的公司的
空空的飲杯，被落日刺入的餘暉塗抹——

你也看到一個新城市的天際線嗎？
空姐正要降臨，空姐正要降臨，一個新城市之母！

2005.9.17/2013.1.19

首都

在書店裡冥想
沒遭遇一個字

眼前走過的顧客
也正走入歷史

要喝的那杯茶
店員遞了過來

她還遞過來零頭
我早擲入國庫

十一月的行人
在窗外飄拂

那動作美，肯定而準確
影子從壁畫中掙脫

人物，都是人物
輕易不動用渴

將軍們在挖溝

這消息我不知虛實

在冥想裡讀書

飛白真夠豐富

一個顧客正跨越戰壕

歷史懸在半空

2005.11.21

小本兒詩抄（12首）

「莫斯科又冷了太陽一天』

莫斯科又冷了太陽一天
紅場的雪覺得酷熱的日子
是在這場大夢之前
神學院裡經卷濕透了，無法翻覽。

煤在未能燃起之前，夢
還不敢夢呢，也只好任憑
煤，抱在一起互相取暖
寒風呼嘯時擦出的弧光有些發酸。

革命，無主的無助啊
「重複」重複著自己，那些臉
學會了新詞：拷貝虛妄
也拷貝激情，然後才有一臉的無辜。

俗套的幸福，親吻，點了點
馬車，還有堵塞不前的奔馳
交付剩餘的歡樂吧，交付
剩餘的衝動，仍需要最後一位腳夫。

攔截後是高貴的劫持，肝膽塗地
漂亮的飛行名叫逃，甚至來不及取姓
冷啊冷，為甚麼又是「重複」
故意表示腳已經優、雅、地、跐、地。

走著走著，厭惡被煙霧延誤了
畢竟冷，高高佔領了紅旗或者白旗
大笑發生著，就像一場事故
把驚恐壓得最低，帽檐子立睥睨。

「切肉的人素食，切素食的人切人」

切肉的人素食，切素食的人切人
多麼恐怖的兩幕，並不對稱
但引起了模仿與習得的不可能
斷續的回憶裡還黏著被攆走的狼皮。

啃過狼腿，現在狂奔的心依然驕傲
應和著節拍，圖書室翩躚開放了
案卷也被打開，十頭麋鹿湧了出來
犯罪學教授曾是鎮上最乖的小孩。

生活，古老的樣子，還算可愛
疲倦披捲其深宮中的意興闌珊
偽裝幸福的一對又一對男女演員
竟受皮鞭和哨棒追逐，尖叫聲一片……

保持鎮靜，保持鐵屏住呼吸
蒺藜的美，從每一隻金屬刺頭綻放
頁碼上卸下野馬，那小孩識字的勇氣
後來成為罪，羊群的微笑抖顫苦澀。

學校圈養虛無，也蔥蘢起希望
卻有高士因著虛無把教育棄絕
潰散了，星群；潰散了，心情
稍稍還可以撿拾的，僅見尤憐。

抬不起來了，均座，抬不起來了
死亡，始終有著不容婉拒的吸引
化妝術落後，易容術已出新
素食的人切肉，切人的人埋頭切素食。

「創造那已被複製了無數遍的」

創造那已被複製了無數遍的
發現那又讓擺布了無數次的
玩偶，回家進門後就把自己拋入
沙發（太軟！），浴缸（太硬！）

累了，累了，這位剛剛到位的貴族
平民的外套和內心也在衝突
上升，上升，就是不要成為輕煙
他曾經把自己淬火，然後鍛打

無知，──被操弄的遊戲
感動操弄者本身，掩面流淚、哽咽
星際旅行做了你的活動布景
加上嚎哭，加上哀鳴，玩偶漸臻佳境

醒來的，還是來不及飄走的煙
繚繞的舞姿，又突然抽擊你
「舅舅，請放手！」（他忙著作揖）
「快出面去請舅舅！」（他忙著轉身）

「創造」擱淺，「發現」也已懸置
玩偶一腳高、一腳低，走得像個真神
冒犯了，褻瀆了，一千年的承諾
沙發補上一整塊，浴缸就徹底破了──

他，他用力把外套塞進體內
將內心不經意地撩到身外
一群又一群平民的意象變得抒情
手牽著手，互相拉抻出禁宮長長的疑雲……

「他們不打算多動腦筋，還是」

他們不打算多動腦筋，還是
多花錢，反而損壞了身子
一本藥典翻破了，藥劑師也沒有醒來。

五毛錢捆起一個英雄
一個英雄捆起一個國家
一個國家把五毛錢多出。

下午睡多了，晚上忙著點錢
點完五毛，再點十隻手指
手指肚敲打指甲蓋的琴鍵。

他們搬不動道具，畢竟國家
像舊布景，新演員正在練習
銀樓和藥房，紙鷂都飛得不如紙幣。

齊步走著這一堆自己
右腳向前，左腳就向後邁去
胯下的大地不明所以——

他們還在前進，力氣提著力氣
口號呼著口號：五毛錢不算少
一個國家的產值要忍耐驗孕！

他們都弄出些男人的事情
一貼藥餵服其中的一位
其中一位長出油綠的枝條；

萬萬不能一個勁兒瘋長了
五毛錢，五毛錢，能長到哪裡？
英雄神秘兮兮拽出一張最長的紙團兒……

「現在對齊了，孩子們的目光」

現在對齊了，孩子們的目光
不許高於他們心中的不平。

撩亂他們的是心中的細小落葉
他們的心啊，這一叢叢巧智的盆栽。

變得光禿了，嶙峋了
突然間湧出一團團可怕的紅霧。

高過他們的肩的，當然是
他們的頭顱，他們的驕傲。

被犧牲過，風景中的童奴
也唸著詩，也唸著故鄉的名字。

被祭獻過，高得不能再高
現在對齊了，孩子們的遺言。

葉落之後的這人類森林
是紅霧，正在清掃道路上的血腥。

「原野上湧現螞蟻的大軍」

原野上湧現螞蟻的大軍
那孤獨行走的人，要避開
他與它們遭遇的這一刻。

互相並不認識，還更陌生著
彼此各自擁有的頹廢與激進
他與它們即將遭遇——

那孤獨將被包圍，那孤獨呵
來不及閃躲浩瀚的螞蟻之速
他與它們必得在此遭遇——

原野上湧現螞蟻的大軍
那孤獨行走的人，正迎來
他與它們遭遇的這一刻。

他慢慢抬頭，送出自己的目光
原野，竟風捲殘雲般退去
螞蟻的大軍在空中紛紛消隱。

那孤獨行走的人低頭
他腳下站著的是夜空
向前延伸的是重新誕生的星群。

他珍愛的原野已遁入空無
他的道路從此不再遭遇，螞蟻
也孤單一隻，閉上不存在的無窮複眼。

「走進博物館的身子」

走進博物館的身子
未料想竟留在了那裡；

多位提麻繩的館員襲來
按住仍在掙扎的四肢
緊捆後偷偷向收藏部抬去。

我被扔到運垃圾的後巷
一群孩子在玩捉迷藏遊戲；

他們感覺一陣清風吹來
讓廢包裝紙飛升、淨化
又成了童話裡的漂亮屋宇。

看見他們玩得高興
還一步步爬上了那屋頂；

我忘記博物館發生的慘劇
慘劇降臨的就是我自己
我只一心要和孩子們在一起。

孩子們齊齊坐在屋頂
望著高處跑得飛快的白雲；

我自己也在穿行不息
所有的傷痛正奔回、奔回
走進博物館的身子。

「山坡背面傳來新月上升後」

山坡背面傳來新月上升後
滴下的餘響,一對士兵的警惕
再次向這在地的異國送去風情。

華廈林立,在在都是蠶與鯨
當良田成為焦土,下一年變蒸汽
控制室內的失控優雅地滑出。

戰利品分配紀律,紀律分配著
大撤退中來不及拔取的勝利
婦女、兒童押解如煙飄至的外俘。

那一對士兵,回憶昨夜的一小時
新月為他們獨獨淹留在樹梢
長官的新妻,官階比長官更高。

俘虜營生長一節節無疆的愛情
遣返之前已把回家的道路解散
那一對敵對中的士兵啊,今晨暫未分離。

「一把遮陽傘下面」

一把遮陽傘下面
是一座熱帶雨林旁的城市
不是一對朝大海吐露日月的
信步者的鞋——

它們的主人失蹤了多少時辰
難道雨林裡的蛇信與暗箭
不一樣都是銷魂或斷魂的飛？

一把遮陽傘下面
幽靈構成的捷運中心
到處有些漏水，到處
讓傘面有體面的溜冰員滾個不停！

響馬正追趕那座城市
那座城市離大海越來越近
更探身多餘地抓起海浪的鬃毛：

象徵，全是被毀壞的象徵
信步者低頭補鞋、擦鞋

鞋王的王國終於崩潰
落葉是鞋，樹的禿枝成了鞋架

——雨林裡的狂熱橡膠園
在一把遮陽傘下面
渡過大海啜吸輕飲料的歲月。

「渴意進入了遼遠的沙漠」

渴意進入了遼遠的沙漠
如魚得水的，是一場死。

那人在陽光下、在勞作中的
巨大渴意，來自聚沙成塔的努力。

一顆星球，一顆沙礫而已
塔裡的魚兒，也有高蹈的決心。

綠洲上的幻覺繼續生長
只因綠洲上滿布人類的遺跡。

人類的渴意正匯成洪流
在夢中一閃而過，睡意是甚麼？

一場死，接著一場死
誰又擁有如此魚貫而至的幸福？

哦，國家，躺下了，張開口
一顆並不道德的水珠猶疑著，遲遲不肯滴下……

「天空布滿水泥」（為一個舊意象而作）

天空布滿水泥
已經凝結好幾天了
搭在那裡紛紜的腳手架
只剩下試圖再要升高的天線
孤零零的像一株葦杆飄晃
想要翻出天空去的
甚至留不下攀爬和掙扎的半點痕跡。

天空布滿水泥
已經乾透好幾天了

曾是很氣派的地平線
現在是更堆積希望的地腳線
眾人肩膀踩著肩膀
被稱作大力士的那位在最底下
他扭曲的臉仍然拼命寫著希望。

天空布滿水泥
如此光滑而堅固的拱形洞窟
人類又要重新生活在裡面了
石頭擊打著石頭想重新產生甚麼
不分男女長髮都拖到了臀部
怒髮衝冠時才想到僅剩的天線全然無用
他們只好手繪起太陽和可能的門。

天空布滿水泥
天空外面布滿不可知的激動
風雨雷電正瘋狂地表現自己
後來也請來星星月亮暗中鼓勁
第二天太陽匆匆趕到
但天空布滿水泥水泥封住了天空
太陽像一條狗垂淚嗅著這水泥的棺槨……

「建築年鑒已高過建築本身」

建築年鑒已高過建築本身
建築師內心的激動竟也加固一頁頁
被雨露風霜暗侵著的那驕傲的部分。

夕陽的餘暉最後一次把建築物打亮
玉葉金枝看起來不可能再中標了
弟子們，集體的手摁斷又一支鉛筆。

設計中當然曾經飽含算計，計算
慈悲的力量剛好勝過與腐蝕力匹配
雨露風霜扭過身轉作現場的鐵證。

建築年鑒被懸擱的歲月，建築物
才顯出一點它慣有的謙遜笑容
建築師所貢獻的成竹在胸的承當。

建築年鑒已高過夢想本身
地平線下面太多天際線被按了下去
圖紙懶懶地在事務所裡堆積渡冬的暖意……

2006.1.6-1.19

新娘逸脫

他在往信封上貼郵票
他往郵票上躺了下去。

他等著來蓋郵戳的人
他等著郵差把他捎走。

郵票還是乾乾淨淨的那張
他說他身上有地方在痛。

郵票是他賴住不去的婚床
郵戳讓他在心裡受傷。

情書從他身上長了出來
情書帶著痛在風中飛跑。

信封被撕開了，露出郵局
郵差把郵戳投向每家的窗戶。

他接住其中最模糊的一枚
一遍一遍他往自己身上蓋戳。

2006.1.13

「他在白紙上行走」（擬歌詞）

他在白紙上行走
他已濯洗過雙足
踐踏之名慨然領受

白紙上是他的祖國
塗炭，或者塗鴉
讓他的憾意綿綿無盡

他在地圖上行走
乾糧、水和指南針
在他的背囊裡憤怒

地圖上是他的河山
他一把捲起不再苦尋
腳下的失落跌宕迭起

他在畫面上行走
飛天接他回了古代
他把畫面安進石窟

安詳是他的命運

安詳是祖國的命運

安詳是河山的命運

2006.1.16

二十世紀未來篇

長出風來的日子
就不看樹上的葉子了

長出明月來的日子
就不看婆娑搖曳的樹了

長出大路來的日子
就不看樹下秘密的人影了

國家被編成了一支隊伍
一些病人被擔架抬著

沒有馬達轟鳴，沒有狗吠
也沒有孩子的啼哭

驚奇的是出發者陰沉著臉
對夜行的好天氣高興不起來

長出風來的日子
樹葉很快就掉光了

長出明月來的日子
樹身竟也東倒西歪了

長出大路來的日子
人影成了幽靈都不見了

但國家出發了，帶著它全體的傷痛
病人隨著道路上上下下起伏

夜行的好天氣，原野又寬又大
一個國家蛇行在一條細細的土路上……

2006.1.20

「風落了下來而雨點跳起」

風落了下來而雨點跳起
瓦片紛紛碎成魚群的脊背
集市裡的魚群無聲地醞釀著反叛

風，成捆成捆地滾落
太像提前攏收的稻禾陡然遁去
看不見的糧食，席捲飢兒執穗的小手

連他們的身子都被統統扯去了
雨點不得不返身投入無邊的憤怒

罪與罰，屋頂永遠不再合起
日與月，直接在眉宇之間傳遞
那試圖行走的人，就是一座不動的廢墟

風落了下來而雨點跳起
雨點敲打天上的星，星就滅了
它正冷卻，成為一塊示威者手中的石頭

2006.2.21-5.20/2007.7.5

「一陣急雪在波士頓上空舞過」

一陣急雪在波士頓上空舞過
卻也漸次疊起街面久違了的深度
屋頂一小時後就迎來斜陽拍下
雪融的簷滴更打濕我遠行的去意

呼救電話的弱聽，叫雙耳立馬豎起
還一樣讓世界深藏一程又一程遙遠
坎坷的道路一心等你等得辛苦
再無說好的約定在前方顯得堅定

兩個大陸的比較氣象學正交鋒著
我的地平線大學已推後自己急切的遠景
哦，北京再多的寒意都冷不過我的
內心，那裡急凍起下一個春天——

人行道上，已無人行，已無壯漢
把玩鏟雪車，堆出積雪的盈丈空虛
我在粉狀的大道上橫行，車輛忙避讓
瀝青路面糾纏盛夏可能的黏稠記憶

畢竟不是大西洋底的洶洶來客
堆高機弄低了擋風板臥龍，一片片

卸下又裝上，讓雜役釘得乒乒作響
圍著一爐雪，深情的話別也不敢教它融化

聽不見呼號，就也聽不見逼真的死亡
在中國，哭泣帶著一百年的鏗鏘尾音
摩登鎮上的茶葉商人，杳然遁逸未久
他的一代又一代後嗣翼翅向此岸翩翩划來……

2006.2.22

「風箏掛在了樹梢」

風箏掛在了樹梢
這也是人類的一種墜毀

灰燼醒了過來
對自己火焰的前身愈加警覺

那樹梢比最高的風箏還高
那絕望在最高枝的葉芽上探出頭

被焚滅的熱烈國度當會轉世
迷信讓一整個大陸甜成糖塊

博物館的尖頂，支撐知識的陷阱
孩子們齊齊跪著，用手指輕輕觸碰

而正像岩漿一樣滴下的
是毀容千面的滂沱之淚

學放風箏的孩子們無辜
結果讓自己也高高地飛了起來

呵，灰燼號召起更深的寂滅
它把自己偃伏得更低，更無痕跡

百科凋零的知識被大風揚起
知識裸露著，孩子們的星球就更一覽無餘

芳香忘記散發出芳香
記憶迴旋作漫向遺囑的重重迷霧

斷臂工字鋼植入人間的大地
風箏上的語文，頓失、頓失倫次

灰燼一直堅持醒著
再不把焦土夢想的無盡豐饒接上藍天

2006.4.19-4.23

輯二

無題

田園裡的稻草人，燃燒一樣的火
他們——成灰，成飛，成煙，成滅。

我還是領他們回來，滿手的黑
呵氣，霧化了世界也奔跑無礙
牆已經築就，孩童凝視裡的雪糕靜靜融化

跨出去，懸崖頂部傲放的鮮花
腿跟緊了根鬚、莖塊、枝葉、芯蕊。

老房子，破電扇，舊帳簿，碎紙片
自己在翻動、吹拂、搖曳——恨與愛
自己報上姓名——不是更急的性命

哭，是一流作業，修業，結業
哭，轉向甜，轉向醎，轉向鮮。

從不存在這裡的並無來由
這裡，糖和茶，並無理由成就工業
味精更淡出了銀幕上的淚眼，亂拋

捆紮衣服的樣子，也熨燙多姿的雲
風傳來時，稻草人已無消息。

火一樣的燃燒，原不是火
風光撲面，風情纏身，而它傳來
火一樣的燃燒，那麼冰涼──那才真是人間！

2007.3.13/4.27/5.17

無題

最長的一日，不是搶灘，不是攻擊
不是登陸，不是摧毀；最長的一日

只是那種水果、摘水果、運水果、賣水果的
女孩，期待——破曉，出航

她目擊人類的墜毀
而人類曾寄生的星球兀自運行、兀自荒涼

巨廈長出蒿草，其間晃動的幢幢面影
虛無而真實，它們的飢餓滿懷目的

落日，遲遲不去，毫無歸意
語言空具典雅，塵囂卻垂下可怕的、冗長的寂靜——

無盡的橫渡，兩個永遠對峙的終點
互相遙望，視線裡殘剩人類的漸漸隱沒

水果，在等待中成為經典：那意象疾馳
那少女亭立，揮別人類，最長的一日

是她的一生，高過都城，高過蕪野

然後慢慢的傾倒，流成蜜，也流成謎⋯⋯

2007.7.1

與時代隔離

時代車輪，滾滾向前
在隔離病房，我聽見它冷漠的響動

藥，啊藥，被統統攪亂
丸片、膠囊和針劑相親相愛的秩序

我去過那裡
但那裡是不可能到達的

我到過那裡
但那裡是不可能存在的

僭建物，未曾被光榮命名
沒有入口，卻到處是出口

界限之內，才是危險的越線
輻條，高速轉動著蛋清和蛋黃

我住過那裡，茶炊低聲咕嚕
煤，獻身並回應銅的赧顏亮色

嘿嘿的煙在戶外升起更細長的手臂，書寫空無
病人鍥入時代，康復的幻覺頃刻化為行動

2007.7.12

人類的一課

無窮大，或者，無窮小
總是鈴聲的音量，漸輕、漸弱，接近無。

世界，接近於無畏地消失
傾聽這堂課，仍然是
潤物無聲，萬籟俱寂。

救難電報，信號也已足夠勇敢
向宇宙深處，一波波進發。

「上課了」「啟幕了」「起錨了」「開工了」
「中彈了」「觸礁了」「失火了」「墜毀了」
「下課了」──全體人類起立！

2007.7.20

「醫院，那是世界最前面的一排房間」

醫院，那是世界最前面的一排房間
也是世界最後的一排房間

那麼，這兩排房間之間是甚麼？
病人陪家屬散步的狹小花園
如果你看不見他們都是揹著病床的役者

醫院，擋在世界最前面的一排房間
也是挺立在世界最後的一排房間

那麼，問題仍然是，兩排房間之間是甚麼？
醫生、護士正用一生奔走的時光長廊
如果你看不見他們總也進不了診間和病房

2007.7.21

讀書

接近黑鐵的沉重
打造出整飭，肌理天生
山水或國土的無限寫意

很多天了，一小截鉛筆芯
在那裡未被觸碰，孤獨
渾然已作器官的遺忘

它被折斷，撲空的時候
書寫者在戶外刻心銘骨
書寫的痕跡流於表面

在桌面，直達書面
呵，紙面，創傷的痕跡乃至
恢復，平息一切沒有發生的

接近黑鐵的沉重
然後變輕、變淺、變淡
升起來，漫過隨月光開合的奇異屋頂

2007.7.23

鐵匠與花

鐵匠打鐵
有人卻擊打鐵匠。

那些粉拳
紛落在鐵匠身上。

鐵，默然
悄悄的變得柔軟。

鐵的形狀
讓水濃於血。

出拳者調弄起
胭脂和鬍鬚。

打鐵的鐵匠
未打出過一隻鐵拳。

鐵匠被擊翻
一枝花也倒地不起。

花圃裡長齊了意志
摹仿鐵匠身段。

2007.8.8

季候

季候，懸浮
在猶疑、無常、錯亂、反覆的日子裡

大氣啊，連日來帶著失望的雨水
凝滯，滴瀝在我的眼簾——

我只好合起這不安的小小世界
打開心中更笨大的不安

直到夢境顛覆著夢境
醒來後肩膊還頂著一角廢墟

崩塌的宏大體系，橫陳人事
我也是其中註定受傷害的一名

站起來，升上去，被伐倒的雲
漫漶開來，抹拭罪書的字跡

時代，勉強扶住一根未倒下的棟樑
歪扭著，刻下給我的絕交信

氣象局裡的風暴降臨之前
人人在議論百葉窗內抖瑟的雨燕

我的飛翔，沒有天空的堅實背景
只有掀開沉重史頁時那氣流的輕顫

季候，消失
在人工造雲者露出漂亮鼻尖的日子裡……

2007.8.9

豐饒的平原

豐饒的平原，空無一物
孤立地，突然湧起一座穀倉。

人們收工了，卸下身體
就在裡面歇息，汲取情感
一同稱頌：啊，私產堡壘！

主人出走了，僕役盲目四顧
一手執殘破之書，另一手
挽分裂之國，完全不成比例。

勞動，是舊名詞、新刑罰
像煞煮熟的鴨子飛了，鍋空著。

倒是一長列磨著細牙的鼠隻
誰也不願落後，打地平線走過。

這就不是旅人和駝隊的意象了
這就不是千古的詩歌唱歎了
人類實驗室，處處有著錯漏。

美，還有力氣，承受折磨
驚人的美，承受驚人的折磨
鎮靜的日落沉入世界深淵。

口糧，在最深處，要探出頭
救救這一切，不情之請！

2007.8.11

夏季街 99 號，莫斯科

恰好是夏天，去夏季街辦事
99號，進門時接待員禮貌性地一笑
請你出示有照的證件，並且登記
然後你走入那幾部大電梯中的一台
等候叮咚一聲，就可以滑上樓層
還會有悅耳的電鈴等你輕按
又是一聲叮咚，秘書桌上笑臉升起

（遺漏的細節，絮語會偷偷補上
聽不見的召喚，在窗玻璃的反光中耀眼）

夏季街辦事處，時值夏天
裡面去辦事的人不多，公文更少
圖章們閑著，簽字筆在文具櫃裡
排得整整齊齊：睡吧，睡吧！
99號，只是門牌，叫號的等待
在夏季街以外，在夏天之後
落葉排著隊跟著你的腳跟，學習排隊

（我正走向夏季街99號，一隊衛兵
確實學起我的步伐，向夏天致起了敬）

2007.8.13

但巴別塔不是這樣的

似乎是雜技藝人暗中動著手腳
我的朋友們，書架和文件櫃
一排排，一摞摞，自動往天上壘去
在望遠鏡裡，也看不到盡頭了
──但巴別塔不是這樣的！

──但巴別塔不是這樣的！
笨拙如我，只願意蜷縮身子
寄居書架或文具櫃的一個角落
透視著它們無憂的幾何世界
流暢地，也一樣享受上升的快樂：

但巴別塔不是這樣的
但書架和文件櫃的木與鐵
青色的臉，並無隻字片言，朋友們！
不說一句話，不留一個字，不留──
給歷史一個駝背讀者、一隻夾鼻眼鏡！

2007.8.15

目與河

失明婦生下的兒子
目光如炬。

天哪，天！這張無臉的面孔
只剩下太陽一隻獨眼
瞎了，瞎了，還是瞎了的啊！

以河流的斷裂、跌落
造成風景，也造成巨痛。

在遊人蜂擁並在此涎笑之前
河流從不把自己想像作受傷
溢淌的血，正在失去的無盡的血！

失明婦來到河邊洗衣
河面上她的另一雙眼睛被搗碎。

而她洗出的竟都是——血——衣
失明婦生下的兒子
滿面血光；遊人在遠方目不旁騖：

瞎了，瞎了，瞎了的太陽啊
被那孩子的鋒芒盯得重獲光明。

2007.8.23

午　病室向陽的一大片明窗
　　窗扉被封死了，只有目光
　　可以像嬰兒的小手一樣伸出去

　　晌午時分，太陽也轉了向
　　背光的我，送給來訪者一個剪影

　　當然不是驚喜，她的驚喜來自窗外
　　遠處林間空地上的兩株小樹
　　葉子都已紅了大半：秋天到了！

　　連綿的綠色包裹著，重壓著，也暗暗祈求
　　「不要紅得太快，紅的應該還不是我。」

　　樓下涼亭的長凳上午寐著幾位病友
　　他們睡得很深，將繼續病得很深
　　因為藥，讓他們虛弱，也令他們暴怒

　　我深深的抱歉，對平緩起伏的丘原
　　受我的言詞擾動，幾乎是驚嚇

林中鳥一陣陣飛起，一隻銜一片葉子
如同動畫片裡的形象翩躚舞動
甚麼顏色，我在窗前無法看清

而來訪者正要離去，她帶走了窗子
那是她的世界在外面遊弋

她需要看，我只是剪影，薄薄一片
轉過九十度的直角，又是一截細線
——到時候了，我要飄落我的臥榻

2007.8.24

意義的鏈條

1. 沉默的波浪之下

沉默的波浪之下
重壓著一群尖叫的魚

一條叫尖的魚自天而降
刺穿沉默，擊破波浪

釣竿、釣線和釣餌
把它拖住，彷彿它也是
一個沉默，已遭擒獲

釣徒，並不說話
帽簷壓得更低，嗓音
來自水底的一串氣泡

波浪，吃力地傾斜
大海被一雙手越拽越緊
滿是難看的皺褶

再沒有優雅的轉身
再沒有，飄逸的注目

沒有名字，巨大的釣徒
沒有面孔，巨大的沉默

2. 兩塊石頭

兩塊石頭，都有背面壁立
一塊背面，殘留著虎蹤
另一塊，背面是篝火的餘燼

（石頭咬噬石頭的心啊！）

一塊，曾滿纏溫柔的猙獰
另一塊，把繚繞的煙悉數藏匿
大氣中，兩塊石頭空自寂寞

（石頭咬噬石頭的心啊！）

面對面，過了幾許年
星轉月移讓它們互相回過身去
背對背，虎群和獵戶正在嬉戲

（石頭咬噬石頭的心啊！）

兩塊石頭，都有姣好的正面，那是
互相凝視的日子（不再）錯愛，那是
互相默認的日子（不再）輕諾，那是

（石頭咬噬石頭的心啊！）

3. 倖存

搏鬥之後，掙扎之後
誰的指甲蓋，光閃粼粼？

哦，一座世紀級圖書館
在海上，無目的地漂浮：

人類僅剩的一枚晶片
放逐諾亞方舟的記憶：

是一堆人類的知識
在海上，無生命地漂浮：

巨碩、龐雜，不顧一切
撞向淚流滿面的冰山：

一座世紀級圖書館
一小片波浪，一小片反光：

大陸，彷彿愈漂愈遠
一片指甲蓋，載來得救消息！

4. 古代正在到來

古代正在到來
克制著，抵達的衝動
也一樣冒犯著人類

（種子在天上猶豫）

被剝奪的大地
豈止僅僅籲求呼吸
更索要氾濫的權利

（種子踱來踱去）

洪水是禮貌的
然後是蠻荒的冰冷儀容
萬籟俱寂的矜持

（種子下了決心）

古代正在到來
眾人正在離開
人類不得不一一離開

（種子正在降臨
種子是來自天堂的淚滴）

5. 一個裸嬰

晴空萬里
而烈日暫付闕如。

萬眾矚目的
是一顆巨大的水滴
懸掛在空中。

虛無的重力使它
底部愈來愈膨大
水滴的形狀就要失去。

它與眾人也愈來愈近
眾人踮起了腳尖
數不清的嘴唇湊向那裡。

萬眾的渴望，不及
一個裸嬰的一躍、一吻
將這顆水滴啜盡。

水滴，不見了
它留下的空位上
徒有無數的唇印。

烈日萬里

而晴空暫付闕如。

6.意義的鏈條

意義的鏈條

捆綁了整個世界；

血跡濺滿大地

製造殘缺的月圓。

意義的世界啊

一環扣著一環；

不單單是O連著O

驚歎連著驚歎；

還Q搭著Q的

故意逗人憐愛。

平庸的日常生活

鑄塑、鍛造、錘打；

意外的鏈條
把整個世界解放。

百獸推選它們的王
引領著，跟隨著；

百畜蓄養無花的因果
百鳥也裊升不歸的輪迴；

僅供意會的世界
肆意無意義的破壞。

意義的鏈條
有一節斷成了CC；

意義無辜地上升
度量人間罕有的鮮血。

意義的世界
禁錮了整個鏈條；

那意義的纏繞

把邏各斯的性命消磨；

世界已在界外

投下思索長長的陰影。

2007.7-8

月亮！月亮！

碩大的明月上升之時
快意地擦一擦我的臉頰
僅僅這一次的輕輕妝點
我就好像永遠微醺著的

兩層樓或更多層樓高的飛機馳掠
在明月之上，還是明月之下
我被定格在那座位的黑影之中
精心呼叫：月亮！月亮！

滿月漸漸滿了，溢出月光
我用手接不住，接住的
是流瀉開來的、攏不起來的
我的目力──四散的四顧

影子人的激舞，影子人的
高歌，影子人寫在我的身上
的神傷，鏤刻進我的心裡
月亮也高傲地卸下她的全部影子

滿月了無牽掛，滿月
了無披掛，只有眾人的心思

攀住了她，本來有一萬倍的光芒疊加
如今只有一個匍匐的人！一度高懸目光！

碩大的月亮已抵達頂端
慢慢降了下來，我伸出手，仍然沒有
接住這枚胭脂，接住哪怕這枚影子的
強烈反光：滿月被不滿照亮！

2007.9.

空

「我不會再脫褲子了。」
「因為我甚麼也沒有穿。」

「我不會再穿衣服了。」
「因為我已經沒有身子。」

「我的裸體就是空氣麼。」
「誰在冒犯我？嗅來嗅去、摸來摸去……」

2007.12.9

「堆起一個雪人」

堆起一個雪人
給他一副好心腸。

有一副好心腸的他
把自己化了個乾淨。

好心腸裸露在地上
一對手套，一把鐵劑。

無知的孩子有著欣喜
又堆起，雪人一個。

積雪在加厚
雪人，也穿上了棉衣。

他要融化的時候
想極了送出自己的暖意。

一件棉衣是空空的
看不見好心腸在哪裡？

雪人，堆起一串微笑
還他的原形，他的空無。

（無情人言：
一堆心情，一堆雜碎！）

2008.1.3-2.1

致從二十世紀走來的中國流亡者——為紀念「六四」十九周年而作

揹著祖國到處行走的人
祖國也永遠揹著他，不會把他放下。

是的，祖國
就是他的全部家當
是的，祖國
正是他的全部家當。

在他的身上河流與道路一樣穿梭
他的血管裡也鳴起出發的汽笛和喇叭
祖國和他一起前行，祖國和他
相對一笑：「揹著他！」「揹著它！」

是的，祖國
就是他一生的方向
是的，祖國
正是他一生的方向。

他走到哪裡，哪裡就有
原野、山巒、城鎮、村落、泥土和鮮花
——他的驕傲啊，祖國的分量
他們互相扶攜著，走向天涯。

是的，祖國
正和他一起啜飲遠方的朝露
是的，祖國
正和他一起挽住故園的落霞。

揹著祖國苦苦行走的人
祖國也苦苦地揹著他，永遠不會背叛他！

2008.5.29

無題

午夜，禁區的深度並不可知
貨物和人下載後的空曠、荒涼
也變得不可測了，乘客寥落中
唯有不再催促登機的廣播
播放著來自崎嶇之路的情歌。

手提電話自不必提起，傷心
源源不斷，他關掉接聽的耐心
把愛送出大廳，讓等候的車裡
走出的還是愛——可怕的重複啊
可怕的相遇，擁抱的空虛！

安全巡視員仍在走來，她的臉
陷入陰影，眸子的光亮一閃
點著火，點著危險——不被允許
承諾，落空了，寄託又彈起
行李車划向未來，裝著沒有生氣。

熟睡中的我，當然帶著夢飛翔
皮椅受到的壓迫，產生著反抗
乘客們驚醒，訝然於我的酣眠

午夜，情歌空空地提高音量
午夜，沒有航班打算獨自轉航。

2008.6.26

無題

他一出手，筆一揮
簽下小小的幾個不起眼的字母
把世界上最高的大樓據為己有

他下令大樓中的所有人員
撤出，有序地、有禮貌地
離開，還受到最後一餐的招待

大樓，空著、閒置著
一年、兩年……很多年，很多年來
他一出手，就是締造……

世界上無人居住的最高大樓
一隻鷹，在大樓頂盤旋
沒有俯衝，沒有叼走一片麵包

2008.7.10

無
題

課本，是我們的時代
唯一的林木：在課本後面
我們收起被淋濕的火警

露出假面，表示你的真心
露出天氣，表示你可以
風雨無阻地前行

我們砍伐著課本
那些文字、算式和圖表
不再生長──

露出宇宙，表示那是
你唯一無法掩藏的一點
──露出，足夠結實的空無

我們帶著孩子離開
美其名曰：去植樹

課本被放棄了

東倒西歪，廢墟之姿

正承擔我們的時代無稽的消防

2008.9.24-9.26

火星降雪的消息

【本事】

火星降雪的消息
並沒有給誰帶來激動
人類的幽靈痛
也僅僅發生過
幾乎接近無的那一次

直到塞上傳來了虛空
列隊的數女子把步子調整
關門，閉窗，熄燈

幽禁的世界剎那間
由戰士充滿，發光、發熱
一堆死灰揚起了新國土

【意外】

女校的男廁所
門口，排上了長隊
他們才是幽靈
難得到此一遊

【本事】

土地流轉，砂石肆虐
而時光可以盜買盜賣嗎？
這是土地的本質
農民，稻草人般默立其上

嚄，控制眼淚的技術
也控制著人類

一顆蜷縮的心
一雙不帶風景的眼

肌膚上的一片陰影
落葉，還是雲朵所致

投射，或者附著
也許只是一塊瘀青
勇敢地迎向美麗
皮屑不屑，當然迎向瓦解

【意外】

讓無力狠狠地打擊你吧
讓無聲猛然把你喚醒吧
讓無趣教你興致盎然吧
我理解了無心的深刻用意

用自己的身子捶打大地
人，在夢裡才轉作了拂塵

細節，沉默著
毛髮，偃伏著

【本事】

每天我們在那一顆舊太陽底下
打撈新鮮的生活，然後
榨取這生活的核心機密
──……

我有過疼痛
疼痛也獨自走路

疼痛也擁有我們
它像初民之火一樣閃爍

遇見從火星來的中國人
流水改成了涓滴

顏色霸佔了白
白，就不是顏色
白，就還以顏色

【意外】

他騎上長城，揪起長城
姿勢彆扭，又跌出天邊

他覺得有這股衝動和能力
急於將烏雲打包

他收拾得真利索
那麼多整齊的包裹還是
翻滾成了怒拳的烏雲

他低頭看著一個平庸的意象
巨龍，或者死蟲

他自己更小、更無足輕重
羞舔馭手失敗後的些微快樂

氣候等候的時候
他不能理解自殺病學的蔓延
自殺病的傳播
借助風霜雨雪
學問停住了，只是等候指點

【本事】

在月亮上遺落的文獻
被我撿起，一個發明

在窗前我讀過的
從來不是白雲，飛鳥的標點

消失的痕跡，我恢復它
行使沒收一切登月艙的權力

聯合國開會，螞蟻也開會

翻閱土地和它背面的陰影

【意外】

黃道長舒筋活絡油

在普通的包裝裡緘默

我剛從「輕鬆一下」離開

茶餐廳，十二個服務員

也一下子顯得多餘

【本事】

當人類的踩踏發生之後

仆倒的人群散落

而千千萬萬隻空鞋子仍在奔走

這百歲老人，芳心寂寞

太陽滾來滾去

依舊新鮮，也不帶一點兒泥

雲中之眼，天的最高處

它的幽怨，只在人間

痛哭的人群驅走苦

痛，遠傳，給煙

垂直向上，向上，看不見頂點……

2008.9.30-12.24/2013.2.28

「節日，拉動它自己——閒置的雪橇」

節日，拉動它自己——閒置的雪橇
在屋頂與屋頂起伏的波浪之上
輕滑——就滿員啦，就圓滿啦
——祝福，起伏，零落，又洋溢……

從每一戶窗口發出的驚嘆中
方攏成了圓——風暴如此強烈
節日，下降了，再升起，節日裡的
人們，拉動如此真實的景片——

你們拇指與食指搓了搓
那是紛揚的雪花，拒不經過化學；
你們拇指與食指搓了搓
那是速成的物理，更要翻飛漫天；

節日無悔把人間的債單、借據和欠條斂起
投入碎紙機，拉動如此強烈的內需！

2008.12.23

無題

我有無數個祖國
我有無數條道路
無數的我閃閃爍爍

你唯一的祖國
你唯一的道路
唯一的一個你正在熄滅

2009.1.7

水手詩篇

……崖上的水手，頓了頓
唔，這是我今生的崗位。

崖上的水手，划呀划
他划的是翅膀？

崖上的水手，想了想
他的前世是燈塔。

崖上的水手，划呀划
他划的是──光芒！

崖上的水手，停了停
燈塔──哦，不！
是光芒，正成為古蹟飄香……

2009.1.24

月球之旅

把他送往月球
讓他在那裡墾荒

成群成群的苦役犯
背影留給觀月少年

月球上盛產的果實
笑臉源源不斷

被撕去，被噬食
少年也轉安為危

有一個殘酷的聲音
徹夜響在他的窗前

把你送往月球
讓你在那裡看田

──哦，苦役犯在月球上死去
肥沃著那裡的土地……

2009.3.3

無題

確實有魚，溺死在高高的天空
那也並非因為釣竿更接近的是雲

確實有水，觸及落日
確實有水，把落日淹留

大象在一隻殘破的雨靴裡
但仍然被運走、屠宰的可能形成戰車

魚，吐出黎明
那是魚肚白意象的殘酷本質

正人君子被打碎，銅像的鍛煉
在拾荒者推來這一場莊嚴之前

魚咬緊牙關，樂翻了釣徒
又一大片雲，是他們之間的距離

確實是雲，用肺呼吸著
確實是雲，這些人類的空洞

動物園四散，而動物歸了同一圈欄

道路，幽幽地，收起自己，收起天氣……

2009.7.19-7.20

無題

1.

對面不是一面鏡子
我面對一場現實——

對面走來一個人
他完全就像我自己
但他看了看我
沒有半點驚奇

我想我離不開現實
只想找一面鏡子

2.

對面不是一面鏡子
我陷入一場現實——

揪住自己的衣服
甚至揪住自己的臉
我還是不是自己？
我回頭看著我走過去

我想追上去也把他揪住
他回過頭盯了我一眼

3.

他看到了一面鏡子
他面對的不是現實──

我把臉別過去
我不敢再看我自己
沒有鏡子，也沒有現實
他走近了我，伸出了手

他在我的空無中摸索
掏出了鏡子，也掏出現實

2010.5.3

旅行

一滴水
在沙漠上滾動
並不消失

並不迷路
尋找水源的人
跟住他

水滴裡的太陽
要乾枯了
一滴水忙著安慰：別……

沙漠之上
滾動著太陽
那只是一滴水

——要乾涸了
尋找水源的人
有嘴唇舔了舔他

一滴水
在沙漠上行進
滿懷海洋的激動

2010.5.5

在中國……
——為「六四」二十一周年而作

在中國——
深淵的底部
仍然是道路！

在中國——
墮入深淵的人
仍然可以是行進者！

在中國——
當深淵飄來飄去時
世界蹤影不定！

在中國——
必有人抓住起飛的時機
必有人驚奇：
深淵的飛翔真是漂亮！

在中國——
是道路飄來飄去
底部的、深處的魂靈
渡引著萬萬千千人！

在中國——
深淵的底部
回聲互相撞擊！

在中國——
深處，深不可測者
留下足跡深深！

在中國——
其中必有人
頭戴黑髮，也是頭戴烏雲！

在中國——
道路，飄來飄去
在遠方打了個可疑的死結！

在中國——
道路，就這樣被固定了
但未來，將在那裡獵獵飄展！

在中國——

深淵，轟然倒塌

你和我，初次地，暴露在地平線上⋯⋯

2010.6.3

無
題

有傷者在咖啡館
有傷，在咖啡……

咖啡灑在了咖啡館外
街頭梭巡客聞見香味

他跌倒在自己的心裡
一支歌把他救起

他堅持說：傷者在咖啡館裡
我的歌借出了繃帶

咖啡館也整個兒跌倒
卻把所有的咖啡杯扶正

你聽，繃帶上沒有鮮血
咖啡的陳跡鏽蝕音符

有歌者，在咖啡館
有歌，在咖啡……

2010.6.22-6.24

無題

鞋在走（空的，還是滿的？）
一隻鞋在走（另一隻呢？）
一雙鞋在走（穿著它的人在哪裡？）
一排排鞋在走（哦，多少人的命運！）
鞋，是空的，疾走……

腳，停在家裡（油庫在前進。）

鞋在大街上（赤腳者不甘！）
一隻鞋在大街上（赤腳者也赤身！）
一雙鞋在大街上（赤腳者還赤心！）
一排排鞋在大街上（他只剩一顆心！）
鞋，是空空的——燃燒。

腳，停在世界上（血庫在前進。）

2011.1.28

**無
題**

謠言，正在整理它的翅膀
要起飛了……
它張開了烏鴉嘴，它要說出
它的黑白——白烏鴉
常識的平淡無奇：妖燕
一個新的命名，沒有降下
它的巨大翅膀，打掃的
竟是人類的舌頭

男人的舌頭，比不上他們的
陽物，面臨他們的陰性——
只是短了他們高昂的頭
不是斷了，更不是端了
飛起來的，才那麼深、那麼不測
我們是不同的品類
信的奧義，漫天揚起、揚起
一張紙，傳送這世界的無敵

一邊是發條，一邊是引擎
誰的翅膀更有力？嘴唇按住了

水庫上空幻湖的乾涸

有趣，有趣，飛很用力

2011.7.15

無題

世界，世界
擠在一起，扁著身子

把大地捆起來
漏了蟲兒

把海洋捆起來
漏了魚兒

把天空捆起來
漏了鳥兒

一個拾荒婦捆起
自己奔跑的童年……

2011.10.3-10.7

愚行之歌——致人類

誰能把石頭扔得更遠
誰能把石頭扔成了子彈
手臂舉成了槍桿

誰能把石頭扔得更遠
誰能把石頭扔成了炮彈
爆炸翻動著田園

誰能把石頭扔得更遠
誰能把石頭扔成了導彈
國家和國家向天長歎

誰能把石頭扔得更遠
誰能把石頭扔成了核戰
國家和國家化作青煙

2012.7.10 / 2014.1.9

無題（或一個筆誤：2104）

他們在快車道上
急急地運送慢

一種態度
半是勇敢，半是怯懦

這是現實
病人們在勞作
建起了人類的醫院

大劑量的雲
在地平線下被回收

磚塊裡有他們的血肉
木材就直接是他們的骨頭

時代咧著嘴
嚷著：繳費！繳費！

醫生們更貧弱
醫生們更貧弱啊
白床單覆蓋了整個大地

慢，就這麼走著

走著一列列的停

四周的黑見不到底

只有月亮孤單單地掛著

只有月亮可以用來擦你的血手

道路，對承載的苦難忙於忘卻

而那些非人間的足跡已有了記憶⋯⋯

2014.2.2/2014.8.11

無題

──贈邁阿密地方藝術家

破罐子破摔
摔出一座黃金屋
愛誰誰心疼

破罐子破摔
摔出一個新中國
艾未未無言

破罐子破摔
滿地的蟋蟀逗弄京城

破罐子破摔
這哥們有趣兒──撅著屁股爬天安門
逗弄毛主席的美人──痣……

2014.2.18

無題
——寫在佔中「去飲」之前

一個汽修工用千斤頂
把整個天空抬向原位
遺落的一片雲，蠕動輕絮
卻壓壞他的腳趾

這一撥地盤工
在疑似上帝的淚水
砸出的深坑裡
撩亂鋼筋，靜靜地將混凝土
用另一種虹吸斂起

僅僅是傳說，不夠分量
上帝使出重體力
讓人類變輕——
既然天空尚未歸到原位
既然汽修工去了醫院
既然那耀眼的缺口或傷口還在……

2014.9.18

輯外輯

凶年之畔

錯過了一次交往，其所以被當成一項喪失，就是因
為一隻伸出的手，沒有真正被我們握住，而只是社
交式地把握了。

　　　　　　　　　　　　　　　──雅斯貝爾斯

勝利的革命必須依靠它的警察，它的審判，它的革
出教門來證明，根本不存在人性這樣的東西。而反
叛通過它的矛盾、痛苦、不斷的失敗、無窮無盡
的精力，必定把它的希望和痛苦的內容給予這種
人性。

　　　　　　　　　　　　　　　──卡繆

枕邊襲來被犁翻開的新土，波浪
沉船，已經鬆弛下來的沉船
完整而安詳
它和所擁有的全體死難者一道
自海面平靜地升起
我觸及了他們的腳跟。

徒步行走的人
來不及赴死的人，步履匆匆
在我的身邊圍攏

污點般的太陽，不露痕跡
把我的雙眼打開
最後的悲慘景象
海向自己的最深處下沉。

那種被自己淹沒的可能
將自己徹底地、消滅到現實中去
沉船，在返航的途中
經受歷史上種種傳說的考驗
我站起身來，對話沒有結束
水，自由地、從我的身上退走。

我說了：我的雙手是兩隻錨
投向天空的最深處。

滿嘴別人的被打落的牙齒
想吐出來
死難者的呼喊，無辜的
人質的立場位於室內
來歷不明的食品右側
他們的意義
與我體內奔走的血有關。

在岸上思考，坐著不動
把寬闊的桌子埋在胸前
在易燃的木製掩體後面
我不能夠、成為這間屋子裡
冷藏的人質。

他們會走進屋來
歷史的轉折關頭
有人不過也就剛站起身
抹掉自己滿臉的
別人的牙齒，或者青色的齒痕
一個句子，誠實的、木匠的鋸子，蠻橫
正跟傑出的短跑家、光頭的殺手
作長時間的交談
沒有誰表示願意向時間投降。

船上羞怯的鐘錶，秘密地
在作最後的衝刺。

我看到，不詳盡的那部分
是含有鮮血的那部分
靜脈的藍色，海洋的藍色

我們的、不再反抗的手
今天在鋒利的山巒後面移動
太古老了，那又一分鐘裡的落日。

留下誰的指痕、平靜的海面
痛楚，仍使我們的身子
搆不到的船隊
迷航，岸也扭動，岸上潔白的書籍
和有目的的、行走著的人
竟並不感到被顛覆的危險、熱情。

回憶的片段就只是
肉體的片段，每一滴血
都在甦醒過來
牆上的那一片，濺到牆上的那一片
潔白使我們沉默
永不升起的魚群在水底，在黑暗中
可以看到我的嘴唇、人類的鹽。

有病的早晨，他們看不到
任何船隻，而那些端莊的醫生
也一點兒不比我健康

在病中，想到死

苛刻地查驗死

來訪的友人帶進戶外的大氣

分不出開門的聲音

和關門的聲音有甚麼不同。

我們，將陸續離開這裡

帶著槍傷，床邊的海

海上的月光，月光之外沉眠的人

這一刻，我拒絕死亡

我做到了拒絕比沉眠更絕對的死亡。

水下的沉眠，在病中我回憶

我們的所有財富，不幸

他們藏匿的居所，船隻

拋棄它們，最後一次擁有它們

殺戮和被殺戮的歷史

到我的身上完全終止，這是

我的期待，病中的期待。

坐在陽光普照的、消過毒的

另一些房間裡，治療過我的

醫生，感到了病痛

對他們自己的無盡摧殘

他們喝陸地上製造的水

陸地上製造的、甜蜜的藥丸。

及時地離開他們，我聽到

沒有目的的河流

正從昏睡的那一端傳過來

昏睡的人們，從個別人的鼾聲中

傳過來，沒有熱量的河

流過我的桌面，這個夜晚

在這片土地上，我遞給客人們的

茶水，酒，船上的食品

有毒，我不能不不停地寫，標明

這一端。

手指和筆尖斷在夢裡

帶著有刺的創口，夢流過我的全身

代替了血，船上的飲用水

在我的手掌中小心翼翼地沸騰

沒有目的的河流像魚的

沒有目的的尾巴一樣抖動
揭示了喜悅和誤解。

浮上水面的、被撈起的那個本子
又放回了這裡
寫滿被秘密傳閱的文字
我的、一隻知識分子的手
從背後向頭部慢慢伸過來
試圖證實
我專注於寫作以外的事情。

桌子上發生的事情同時也在
屋子外面悄悄地發生
我轉過身就看見
一條垂死的魚正被塞進門縫
不是那個本子，自己對自己的診斷
但那隻緊張的手，我認識
是我自己的手
無言的手指一下子縮了回去。

有人要來宣告甚麼了
敲門聲從很遠的地方一聲聲傳來。

死難者不會相信

這些冥想中由來已久的街道

互相擁擠，充滿世俗的歡樂

卻還是一致地、通向我

我因此結識了一個又一個

危險的朋友，這些街道

糾集在一起

一遍遍地扭曲了他們。

使他們誤入其中的這座城市

如同陸地上曾經沉默過的碉堡群

盛開，街道，船員居住過的那些街道

與我們對峙著

他們的青春、貧困的臉。

我乘坐的車輛是裝滿

諾言和遁詞的紙盒

從獻給船長的禮品中

我走了出來，站到缺水的朋友們中間

陽光紛亂，分不清

街道的正面和反面

他們的臉，正面和反面。

都是同樣令人絕望的圖案
船長和他的部下，他們的制服
陰暗、潮濕，街道的上空
冥想中重新升起的太陽
也讓我的頭顱高高升起。

巨大的
太陽所帶來的黑暗、結下的果實
我忽略了，仇視剩下的所有的人
毫無理由的笑臉、繁瑣的手。

營造顛倒了的人類的房屋
那些舒適的座椅，向上的一面
我整個兒背離了，我整個兒
被顛覆了
推動冰冷的遠大前程
我的內臟將湧向何處？

岸邊、客觀的人群，身上的光、表情
繼續移動，具體的罪行
隱隱作痛，人類中所有的人
都太具體。

無休止的的海舔了過來
刀鋒的震盪
粗鈍的巨響把又一批人鼓滿
與心比肩為鄰的一側
人類高傲的肺被吸進去了
升起炊煙，求救的呼號
他們呼吸著的樹
嬰兒、母親、終生的勞作
苦難的家園。

他們四肢的枝葉
怎樣把他們自己覆蓋
我是有限的、有窮盡的
宇宙，被吐出來了。

他們也還是有限的，核
宇宙的核，果核，海的殘忍的根
對它自身正在戮殺
浪的舌尖，我的舌尖
我又把自己重複一遍
我被海大片大片地照耀著，渾身
是陸地上著火的村莊。

退回含有蜃氣的現實
海邊的身子，桌上閒置的雙手
冥想，被拖入大海
那類理性的魚，尖叫著，魚骨
在我的背脊上呈現秩序
具體的空白。我的身子
被粗暴地移走，之後，留下空白。

現實的一面轉向
我的兩眼，別人的勇氣
在海面留下黑點，我在下沉
輕易地、被這裡沉重的樓群浸透
有人含著牙齒和笑
從一扇窗戶裡浮出自己的臉、
夢想的臉，我目擊它的毀滅
海曾經在我的身子下面
劇痛。

一生，受自己強有力的手
擺布，跟我親近、相似的人
高大、短暫
僅有過的幾次密談

安排在飾有星星的天空下完成
手掌下的大地，手指轉動著
透明的杯子
拍擊著杯沿的海，在岸上
痛哭的親人
手覆蓋自己的面貌、本質。

我跟他們已經疏遠
隔著這張平靜的桌子
我自己的手伸向別人的
手指的死結。

鬆手，人類的童年，我的童年
綿延不絕的
記憶的飢餓，赤裸的山梁
翻過去，背後是生長中的
海，星宿，羅盤
食物和淡水，風中的人
辨認著風的無知的方向
火焰的方向。

我要尋找、掙扎在風中的人
室內稀薄的空氣
正在根除我，夜熄滅了。

我的洗不掉的手
在土地中流失，我的熱情
使土地肥沃的努力
在人類互相模仿的臉上
流失、劇變，我的子嗣
吞嚥著已死的獸類的肉
智慧、種子都更飽滿
窗前搖曳無病的樹
一群毫無倦色的陌生過客。

他們現在偷偷說出的事情
還不曾發生過
勇氣繼續在絞乾
棄置了許多年的枷鎖
多汁的頭顱、軀幹和四肢
歷史的進程中一些不穩定的
段落，煽動起彼此間的同情
其中的一個，他和我

共同擁有的部分，手和手
被銬在一起，反抗在一起。

一座著名城市的陷落，普通得就像
心中的一塊石頭落地
帶雙人沙發的囚車
無聲地、停靠在我牢籠般的心房周圍
等我出來，無聲地投入。

滾燙的水濺了出來
刺穿我整個童年的、街道
又一次經過我，不復存在的老人
有勇氣再度存在
我只感到語言的無力、虛榮
然後才是漫漫歲月
對我的遮攔，對我
無情地澆鑄。

在我的對面，缺牙的少年
不負責任的笑臉也誘人地上升
真誠的氣泡，內陸，寧靜的湖面
其中一側勝過鋒利的剃刀

傾向我，我記憶深處的街道
整個兒地被傾倒在湖裡
成熟的街景在湖上升起
划動著四肢的遊人，四肢凋敝
四肢瑣碎。

我伸出手，改變
靈車向前行進的路線，改變
出喪的隊伍的方向
船隊的方向。

我的悲痛，被挖掘開來的願望
手背上緩慢移動的人群，手背上
沉落的太陽，發出金屬般鳴響的
手指的末梢，是他們的
極地，有限的哀思，哭聲
在純粹的死亡之前已被用盡。

乾枯的手指氾濫著，他們
將狂奔、消失
我把手掌在眼前展開、死者的骨殖
有力地展開新的段落、枝節

為了沒有長成的礦脈、我的鮮美的血
他們繞開去了
他們的面貌被溫柔地、加以歪曲。

當他們還能望見我的時候
他們走上了重新被指定的歸程。

就在這裡，高聳起
可著陸的空地
大片大片的閒暇，麥田，對胃的痛恨
嘔吐，在良知的中心
尚未出生的步行者即將來到
我們的面前，他如何脫離飛翔
走上怒捲的山巒。

海邊，我們弱小的、強壯的軀體
奔湧著，竭力要籠罩黑暗
下肢的緊張傳到了躺椅的內部
推開一切謊言，真實的表達，一口氣
說出一個廣場，爆炸的鞋。

被懷疑是男人的赤裸的腳
貼緊，在更遠處叫喊的牆中的磚，鋼筋
在大廈樓頂墜毀的我的客人
一味地向地下室病態的太陽走去
第一個假日的白晝失禁，我們被抽掉了
剩下的夜晚，異樣地耀眼。

已婚的船員，正在向妻子
告別，從昏迷中醒來的班機
開始划行
身下堆滿金黃的麥稭，在室內失蹤的
祖國的版圖，致命的糧食正在
燃燒。

向天空的深處索取寧靜
我比推土機笨拙，發出的聲音
尖銳，假想中的暴徒
相互把自己鋸斷
我走近刷白漆的草坪，刷白漆的
女傭，她的主人，船長的宅邸
打大門前擦過的道路
更為鋒利。

削掉了所有過於奔放的車頂
別人的頭，肩，慾望的簡單容器
我願意被濃煙圍困，我的肺
榨取人們共同的氧氣，我感到匱乏
被自己的肉體圍困在桌前
桌上的書籍張開了，每一頁
都試圖剖開我，救出我。

白晝的、道路的衝動，無窮盡的人流
洗刷我。

對我禮讓的車輛，在海水中浸泡過的
司機的位置被挖空，複雜的想法
虛構的人物觸怒我，謙遜的
內傾的血也感知寬闊的疼痛
不潔的血，含了人類的子彈上的毒
才變得不潔
與我親密無間的那些人，隔得遠遠地
殘忍地、在對方身上註明出處
我不能夠！

我引用血，我自己的
值得珍視的品質，我抹掉血
我自己的字跡、歷史的晦暗章節
折斷它，司機的安全帶中間
鬆鬆垮垮的服裝布滿微笑
一件，一件，剝奪我
抬起頭，我看到了天空
和同樣高遠的、不可及的蔚藍色囚衣
垂掛下來。

包含著船的海，也飄拂著
我所見到的失敗之耀眼，我不忍見
鋸開甲板
手扶著專一的刀刃，足夠的漫長
果敢地按下去
我們自己的頭顱，沉思
被迫中斷，這一天，迷失的
你的航跡
出現在巨大的餐桌周圍
軌道和滑輪
用敏感的鋼製成。

貌似偉大的人和我坐在一起
也游移不定，我把手高舉著
向上，為人熟知的光線
一寸寸，錘煉我就餐前的睡意
還有，瀕死前的睡意。

被海澆灌著，我的未來的
心中的隱痛，有一束光，有一束花
很勉強地倒入我的懷裡。

我以個人的名義逐漸堆積起來
富饒，在土地表面
暴露它自己的侷限
個人的、獨立的、死亡
充實、豐富著被水包圍的人類
離岸很遠，即將清理完畢的
骨殖和錢幣
散發著難以磨滅的腐味、肌理。

我的凜冽的臉，別人熟知的手指
和謎，因為我一生的投入
造成陸地上的一樁懸案

兩條腿仍然留在門外，雙手
打開了藏有槍枝的酒櫃
出土的那一刻，我保留了
我的根部的動搖，永不與人交惡的決心
我露出黑髮
流動著，漸漸褪色，在我的上游
浮現我的、沉船般堅決的頭顱。

夢境的上空，把我
從睡眠的意義中喚醒的
確鑿的臉，一次次飛過
單獨的詞彙，單獨的波濤
緊緊地、重疊在一起。

船艙的內部有許多空白的
房間，指示床號的標誌不曾存在
船長直到後來在陸地上
用潔白的床單，隱瞞了
自己的身分
全體死難者也無一例外
他們不斷地、給我一忠告。

被一雙手殘害的手

恢復了親近暴力的能力，去殘害

另一雙手，殘害比手更珍貴的

手的附近的和平居民，運送

珍貴的血、思想和沉默，最後沉入

大海，接受水下的、黑暗中的射擊

夢境上空的雷電，突如其來地

擊中我，我的黑髮更黑

白髮，更白。

我，不想，改變，妄想的，性質。

就在這裡，有自己的武裝的船隊

被害，事後在高岸上的

在高牆裡的哀悼的語言無情地全部

倒塌，在我空白的懷中睡去

就在這裡，我張開四肢

揮霍著，鋪張而又簡潔

沉船的甲板上，滾動著莫須有的露珠

不被重複的花朵，在空中

輾轉反側

深入沉船內部。該結束了
脆弱的船體在內部粉碎了舵

1987.4-7

私人筆記：一個時代的滅亡

1

遠不是屈從了手指的指使
屈從了手指的關節
作家誕生了，惡濁的世界
和澄明的世界同時被揭露了
思想呵思想
惡濁的念頭卑污，澄明的思想
在高處，一個手指關節
不分晝夜的敲擊
折斷一個筆尖折斷整個世界的頂端！

僅剩的內心的秘密
通道過於窄小，貧弱的人們
非常艱難地擠了進去
我需要更瘦，更絕對
那一連串的帝王在我身後
相接，等待謎一樣的判決
那一連串的刑具
失去了對象，肉體般的驚厥
在廣場，在磚與磚、瓶子與瓶子之間！

腳下的道路的顫動,明顯轉暗
我沉浸在房子的緘默裡,我用腳
攪動著巨石的睡眠
驕傲呵,浩大的門迎著你關閉
七位卓越的客人搬走了長桌
和一頭牛,被縛住了四條腿
我的和你的,我們共同躲避的
燈光淅淅瀝瀝,肩上
是黑髮獵獵的峰頂,被征服者互相抱得更緊!

天空的更遠處有鳥的源頭的
我的肩上有月亮
曾經停留的痕跡,一枝無言的蘆葦
挑開我,數不清的旋轉的磨盤
像雪片一樣湧向我
我睡著了,暴露了
整個世界的倦意,我順勢摸著了
天空在它自己的內部高懸
那滴圓滿的水,怎麼也滴不下來
那滴巨大的水,我的手
伸了進去,不絕如縷地掏出
失去了濃霧的、白茫茫的羽毛!

消失了，消失了，一連串的

手臂，一連串的原因

我把你的身子扳過來，面對我

一連串的結果，十個手指

把筆穿進紙裡去，穿過

紙與紙的間隙，穿出遺囑

但不拒絕，垂死者正面對我

我在他的眼中漸漸消失

最後的界限無比公正！

我只渴了一半，杯中的水

服從了杯的形狀，他的主人的

嘴唇游移不定，嘴唇也是

這個世界的最後的邊緣，新的

疆域，在我的手中的杯子以外

馬兒已站到水裡去了，我已從馬兒的背上

摔下來了，我醒來了

也只是渴了一半，還有一半

在馬廄的地表深處，在白晝的戶外

製革的皮靴裡，灌滿自己的腿！

獸慾的力量，從突然鬆開的手中
盡情地逃逸，弱者的手還在向前探去
在比百年更漫長、更沉悶的表面
獸類皮毛的表面，光滑、潔淨
任何人也不懷疑它們本身
自由的方向，無法親近，無法親近！

2

水果在甜蜜的知識裡
受到譴責，那些
園藝師般的虛榮，但需要
嫁接到一隻銅盤中
無水，無激情
果核在我蒼茫的手心裡湧動
衣服脫下了，時間錯過了
水果像子彈，在列車中
整齊地被運向前方！

平民的舞蹈中肢體的沸騰
令近處的水靜止，令我
已知的未來凍結

不可知的過去

卻沿現實中的肢體奔湧而來

又被槍擊斷

我被築進堤壩中去了

壩上的舞蹈

向我熱愛著的人們灌溉

和平，還有建設

輕輕地分開一把刺刀的

兩個無知的刃面！

3

視野在你的眼睛裡結束

又開始，一片又一片

疲倦的土地

壓迫你的傲慢的

易碎的顴骨！

我撥開你的嘴唇邊的土

最後的人，他的

目標在視野中，翻越淚珠！

鐵皮屋證實了風的存在
特別是大風已起
手抓不住甚麼，那麼綠的葉子
與樹對峙，與光對峙！

鐵皮屋主人的頭蓋骨
白淨，就在桌上
發掘者們圍繞著燈
只有我繞到了屋後
踩穿另外幾塊鏽蝕的鐵皮
手抓住黑暗的
不朽的根據！

4

那些凡胎肉身，擺脫了
地球儀旁的冰涼的鑷子
抓住白口罩最裡層的
病菌，抓住原因不明的
奔逃者的手！

從深夜脫落出來的燈

自一張臉的左側移向右側

一張臉的東方和西方，共同投下

公正的陰影，燈光

把這個人撥向暗處！

他在下一批訪問者之列

對未乾的水泥

和未乾的油漆都負有責任

走廊上的長椅，眾人留下的

一連串疑點，在斷裂的地方

互相吻合！

國立醫院的正門，願意為你

安排私生活的出路

打碎一塊玻璃，又探出手去

遙遠的地圖被掀起了

最容易受傷的一角！

5

都是灰色的！
在我體內盡情飛翔的！
純潔的鴿子！
經受如此巨大的蒙蔽！

6

我就在其中動搖，決不堅定！
列車！
勉強可以稱作鎖鏈！
抖露貧困的自由的鄉村！
羅列它的責任！

終點已經早早地來到！
我像細菌混入車站廣場，然後離開！
傳播最簡單的歡樂！

7

路升起來了！

它升得太高了
我不敢再踏上去！

8

我握住了甚麼，在一座山
最鋒利的一側
邪惡和邪惡黏連在一起
通過血，通過肉體
被灌注在其中的大氣
死亡之核仍在溫暖之中
果實的香味努力飄得更遠
我努力驅趕根已太深的樹
大地布滿裸露的傷口
想像著，更深處的石油
改變著一天又一天
這個世界的顏色，但是我握住了甚麼

在一雙手最柔弱的中心
是心跳，越過刀尖！

9

芳香延續著，芳香的尾部
他們關閉了鼻子
還有花園的所有出入口
還有偷偷攀摘花朵的人
落到地上！

歷史延續著，園藝師的
會飛翔的剪子
絞痛了他們自己，祖上的人
被一代代推醒！

那麼冗長而堅決，這
來自祖上的鼻息
對芳香一遍遍肯定
遠離徒有其表的油漆和沉重鐵門！

10

黑夜也盡情地照耀著我！
只是白晝
你們才發現甚麼也沒有發生
沒有發生財產的盜竊！

刺眼的白晝
我是一個純粹的黑點！
無礙於任何一片景色
但污損了你們的美
人類的最後的由衷的喟歎！

把銀餐具擦亮！

食品的危險迫近！
嘴邊的誘人的食品危險
讓我們忘記語言！

它最初始的面貌
使我們獲得安全感的東西

使我們放心地拿起牙籤
不再挑剔！

字眼，這裡還有
物體的等待腐敗的纖維
起碼的規則！

11

再度醒來的理由
使得夢想者變得無理
夢更無理！

不為人知的呼吸
不為自己所知
嘴唇才觸動暗室中的濃霧！

肝區疼痛，珍藏的
地圖上出現無可爭議的
邊界，被床罩蓋住！

我昏睡，水成為酒！

12

受傷者說話了嗎？彌天大謊
整整一座不幸的城市落在他的身上
無言的手臂召喚著
你活著，愛著，死著！

13

忙於離開你們，所以
就一直看不見我！

擺動腿的部分
就是腿，就是
腿以外的剩餘部分！

還一直在忙
車站不停地轉向
無人的車站比我疲倦
道路不變！

14

我平庸過，整整一生的平庸
天才地摧毀了一個天才！

我的天才，我自己的天才
流落到此，一股污水
注入眾人心中！

15

靜靜的手指，靜靜的槍
誰也不怕重複誰！

手指的重複安排著鋼琴
演奏，槍的重複
使我面對一個營的武裝士兵
夜宿最黑暗的！

靜靜的小樹林！

16

當風暴捲走我
的夢想,使整個兒裸露,像
草原上的羔羊流入
我的懷中,你
把我帶走!

那最凶猛的,留在唇齒間了
的感情因素,依舊是最兇猛的
呼喊,這致命的
聲浪也捲走我,你
無動於衷,我與羔羊
太接近了,我與羔羊
太一致了!

17

虎悄悄地離開了我們
動物園離我們更遠、更寧靜!

這一家子還沒有歸來
虎在外沒有使用暴力
畫中的虎被撕掉了頭！

地圖有限！

面對這脆弱的紙呵
我的火焰升起的時候
你熄滅了！

留在馬的警惕的氣息裡了
留在奔跑中了
我的肩撞到行進中的機車的
前端，頭留在空中！

馬嚼著它不知道的一種製革
不知道人類的柔韌
彎腰抬起馬蹄，取走
鐵！

18

一系列明顯的手，手段
陰暗！

兩個失明者
相互使用肉眼
太陽出土的一刹那
它的快意由我轉達
把密室裡的燈旋下來！

上世紀的幸福仍然傳染我
運動家更像目的論者
在汽油中浸泡已久的雙腿
紛紛拐彎！

一隻發亮的蟲子將死！

19

舌尖，色情地轉動著有害的
物質，有害的
詞！

在受到驚嚇之後
好心腸的老婦
不作聲了
不回憶礦藏的形成！

礦工們粗野的咒罵
離歌真不遠，離歌聲遠！

20

床罩寬闊的、無知覺的表面
就是它的全部！

我對時間失神地望著
時間仍在橫渡
而床失去了真相的斷面！

躺在床上的那一個，淪陷
是我，我的全部
過失，誤了時間
誤了一條航行其上的船隻專運布匹的河！

21

我的奔湧的生活中
流逝的時間與事實不符！

命婦們的閒暇
使戶外的草坪不綠
使我不坐！

室內，燈光漸暗
臉色漸暗，鋼琴
和鋼琴曲齊鳴
我鍛擊鋼琴之鋼！

是黑夜在其內部
炮製時間

並自己給自己一種顏色
將我的兩眼殺傷！

我愛你的誓言不斷
悔意綿綿！

22

我也在，向又一個季節過渡
她漸漸地剝奪我，改變我
衰老之鷹輕捷地降臨！

植物都在隱喻
我不認識，不懂
對植物學的空白並無懼色！

鷹的俯衝
使植物暈眩，她堅定地
把指甲邊的植物移向蠟製的窗台！

23

自己和自己相加，便模糊了
自己剩餘的物質
相互吞噬，不再計較
是否在空氣中
在空氣的鍛造者的震顫中！

熱浪呵，回憶呵
孤立的宮殿的柱廊
傾倒了，血肉之軀
宮殿般被夷為平地！

24

這一群私自活著的人
含有我
含有我的不斷被模仿的成分！

他們渾濁地浮動
但比霧清晰，比霧中的碼頭
更讓人心焦！

相會的房間裡
坐著的、站著的、躺著的
都留下迷人的航跡
烈日的天明也不斂去！

笑容，有毒素的
那些意味，退為背景
本世紀的羅盤
迷上了他們，私自活著的人
公開活著！

25

密林已經消失，密林深處
孤獨的果實
凝聚在空中，並不落入我的掌心
種植者的手
和採摘者的手
從同一個窗口伸出
緊緊抓住我，比玻璃更鋒利
更透明，房間裡的濃蔭
無法散去，我翻動著火焰

在落葉中跋涉，牆上的地圖
轉眼不見！

26

這裡住滿了來自黑暗中的牙醫
我關心著嘴唇的形狀
酒杯的形狀！

秘密的大雪，使這支隊伍成為
暖流
我只是號角般地遠去！

回到暴力露出他那強有力一半的年代
握住傘
我也握住了晴空！

遊人的心情
在散布時間
此地的風景卻也在奪走
遊人的心情，一點不剩！

繞過一家大酒店，不小心
踢翻兩隻空酒瓶
醉意遲遲不來
手弄彎了三點鐘！

他們繼續在等，我絕望地
代替了暮色！

單獨的手正在投毒
它的主人暗想：好渴呵！

眾人各自向自己的酒杯
加溫情的冰塊，加
上個世紀傳來的軟木塞！

手暴露了泉！

為隱藏的殺機而活著
為隱藏而活著，隱藏著！

活著的其他人
臉因誠實而變得可怖
臉朝向手隱去的方向！

27

歷史性的女人
與我對峙著！

臉的冰冷的光焰
金子一般消失
我向你坦露病容！

我被縮短了
在一列飛馳的列車內
從車頭到車尾！

我把杯子停了
從意義上離開盛器！

在大地必須襯托我的地方
我必須襯托大地

小小的一點，黑色
向遠處看，魚在降落！

完整的天鵝仍有單獨的去處
那你看不見的，就是不屬於你的！

被打碎的手，無疑，在地上！

風把它自己吹向結束
不再是文學的象徵，文學的
飛禽在空中靜止
一任慾望驅使！

28

城中無足的電視
深情地攀上各自的天線頂
然後向電視台飛去
這不是我黃金時間的夢！

惡性電視、良性電視
人類的電視進入腫瘤

在我的生活中
等待出現，等待
最殘忍的兒童的眼睛！

29

我帶著愛心，與你相逢
不成熟的愛心
這一路上不停地鍛造
我體內爆發的沉默
使我不能不匆匆離開
一個又一個村莊
有小小的歡樂！

別人忍受我的！

更有人享受這不成熟
濫用它
你不認識它的主人
在路口與我更陌生！

流民們從另一個方向進城！

他們捧著果實的疼痛
小心翼翼地走，腳的疼痛
也使他們更堅定了
去年的果實，在風中招展！

30

放棄在人群中的努力
一撒手，放棄了人群！

31

腐敗呵，強烈的腐敗
生出強烈的愛憎
感情的短暫處，肉體盤踞！

道路，不顧一切地向前沖去
沖散了需要走動走動的人們
麻木得太久了，人和人
面對面坐著，終於把對方忘卻！

32

轉著純潔的念頭，人和人
告別，至死也未再見一面
輪到我和你！

就這麼殘酷
溫柔的心，軟弱的心
剛剛翻過帶電的
鄉村的竹籬笆，翻過
指甲銼邊的水果刀！

用警繩晾曬衣裳的婦女，用警繩
捆紮傢俱
遷往更黑暗的地方
那裡更需要
太陽，一桶又一桶涼水！

昏迷中遇到的
打擊，使我一生警醒
婦女的恩情！

33

欲滴未滴，一顆水珠
包含的自由逼近無限
我這裡，十公斤核在握！

一顆顆，放倒在爐台上
漸漸地，香味瓦解了我
向陽的黑髮失去了我！

無人性的手被砍斷
表現著鮮血
在最後的幾秒鐘裡，燈光將熄
仍不倦地展開未遂的肉體！

入眠，傾向於世界廣闊的那一側
現實的，帶臥具的那類
死亡，稀鬆平常！

我走過去握住它，是手
彌留之際竟把方向迷失

缺乏鷹隼的天空
全身心地撲了過來！

34

我記不得甚麼方向了
過路吧，讓狗把我叼走
一頭忠實的狗
緊跟著我回到這裡
直到我記起逃跑的方向！

沒有人能抓住我
沒有人能逃避我
沒有人能擁著我！

狗的耳朵，狗的鼻子，狗的
短促的舌頭朝向了遠方！

35

別人在激烈地談論武器，白雲
恰好飛過

他們全然不知，白雲
也飛過手按住的一剎那！

一張紙，紙上的姓名
我不認識，這張受傷的臉
還在努力地轉向世界美好的一面！

36

第四堆火，熄滅了
我比你更無言
流水聲被緊緊地抓住！

鬆開了，看見了，讀懂了
魚兒騰躍其中的火焰一片！

受音樂追擊，逃亡，暗中窺視
我出現在鏡中
背後是歌手
的琴，倒向我的懷裡！

催眠，是為了讓你醒來
再放一遍，監獄呵監獄！

37

在子虛烏有般生長的地點
我們完成了人生的
必然的指甲
明亮的衛生習慣、閱讀
規則，已剔除乾淨
衣領骯髒的美貌先知
向我們的所在，指指點點！

無告的人，我也深深地是
面對甚麼樣的、柔韌的暴力
你，拒不反抗！

我滔滔不絕說出的
是第一位智者沒來得及說的，是
最後一位智者說完了的，是
離開水之後緊接的幾秒鐘！

38

你是人，你是
渾身布滿了罪
罪上布滿了刺，那麼多
花兒的美好的刺，深深紮入
你的、我的身邊的春天！

停止了，一匹馬的飛奔
移入畫中，在人一樣的目光裡
接受更精確的馴養
我變得更挑剔了，暴風雪
開闢了更廣闊的牧場
我的一支筆不顧一切地飛奔！

目的的存在才讓你發現自己
在奔跑中消失，你
活活地看著你自己消失！

還是暴風雪，還是無法克制的
寧靜，大地呵

在我的懷中，靜靜地
釋放它的怒氣！

水也讓它自己流走，帶著
讓你為之肅靜的響動
一條河流走了，水
不再映出它自己的想像
帆縮成一團！

我行走在河上，在一條船上
在甲板下，在嘔吐
並將繼續談論抽象的魚腹
空洞無物！

39

我還是想異想天開，沒有雜念
把十八歲還我也不夠
極為理智的船，躍過了
流髒水的溝，有人去
叫醫生，也跳了一次
有人比我更需要從夢中拉出

輝煌的夢想，脫離了我
就毫無說服力！

這條河有了綠意
書本的兩翼有力地翻動
數不清，這本書多少頁
其中一些夾住我的手指
我必須放棄船！

40

世界被打開，露出
肉感的、現實的果仁，我們撥拉著它們
避開同樣也消費肉體的
戰爭，廢墟和焦土
熟透了的東西，無緣無故！

41

落到曠野上了，我
就大面積地懷疑，而絲毫不懷疑
自己弱小的決心

認清人與獸

臉部緊張的皮膚，它們的真偽

一粒麥種的成長

催我忘我地離開打動人的面具！

飛行者狠狠踩住

我的腳，我的不著邊際的自由

我的小心翼翼的動作

並不中斷，我在踩

日常生活中的那輛自行車

拐進了自己的臂彎，撞見

散發著人的氣味的祖國！

42

控制住節奏，靜靜地骨折

換藥，換了床位

為我而慟哭的人撲了空！

用最體面的衣飾，包紮

自己，人類的美食設在一系列

傷口裡，有滋有味地咀嚼
這巨大的傷口，無法停止！

我停在一點鐘，那過去了的
那尚未開始的，我
去展開，把屍布漂白！

工廠裡聽不到鐘聲
看到鑄鐘者還在冷卻
沒有用緻密的笑容對付
打上門來的鐘錶匠
我停在外邊，一點鐘的一刻
手摸到要命的時間！

多麼遼闊，我去不成了
腳已經走遠！

43

仍然不出現具體的花，我
喊不出她的名字，我
攔住了她，沿小路走

蛇攔住了我，那條具體的蛇
一直游進大理石！

在花園中無路可走了
在花朵被折斷的瞬間
我喊不出她的名字，我
在整座花園砸向我頭頂的
夢中，喊不出！

44

危險已經散去，煙
聚攏來了，就在你的一握之中
情人的手指像露珠
被抖落！

展開華貴的綢緞一般
你又抖動著空氣，抖動著
聲帶，波及高尚的詞
顯得多麼物質！

一隻純潔的手伸出去
誣指肉體的不確
另一隻，陷入更純潔的過程
我的目光渾濁、真實，降下
生鏽的、堅固的鐵柵欄！

我怎樣接過黑夜的波濤
感覺到它的力量、它的深度
我在其中，奄奄一息
像一把鎖，被遺忘在室內！

我被忘記開啟，我的眼瞼以上
我的眼瞼以外的牆
抵擋不住白晝的高度
我被納入，繞過手
空中的手，互相沒有知覺！

45

現實的殘缺處，我可以翻越
在我唯一可以翻越的地方

與泥瓦匠在夢中相會
屋頂漏，床也在漏！

我逼近現實，目光
溫柔起來，多麼美的巴黎
我在每一堵牆的齊眉處
抽掉一塊方磚，帶鐵蹄的
馬隊還沒有出現！

46

我與你相似，無窮盡
又末日般有節制
少了許多念頭，槍擊，電擊
在醫院中，度過六月！

沒有內容，沒有公布
沒有人，我還是
推開了記錄親密的供述的
白紙，用剃鬚刀漱口
並錯亂！

47

把笑聲弄小些，她是假的！

我們將面對獸類的哭泣
我們是另一類獸
感情已經接通！

被藥堵住了，要衝出去的病人
剛才攔住了醫院
我只看見無盡的獸醫！

我開始使用啟示，那永遠沉默的
範疇，晶瑩的牙齒
在混凝土的深處
有所鬆動！

跨越千年而來的，就停在這裡了
享受此刻，有罪
有被不倦的車輪拖曳的痕跡！

48

堅定的懷疑論者，動員了
他自己，清澈的河流分配著
我的昏迷的船，不夠
我用腳走，用手支撐
抬起身子，搖頭！

喪失得那麼沉重
風把我掛住，像戰艦上的旗
戰艦的柔軟的舷邊
掛滿和平的魚，死的
死了，態度十分輕率！

我還來得及神一般地消失
來得及不看
二十年前紙摺的船
我繼續摺出
敏感而脆弱的一角
隱入手危險的把握之中
不擺脫！

49

火比我黑了，你不敢再靠近
心靈的黑暗呵，讓我
避開了心靈的火焰
我高興不起來，這
星球笨拙的轉動，使我在這裡
無辜停留！

50

懷著激情──遺漏
珠寶的打製者
他們的名單
在黑暗的資料夾中長存
而你，道德般墮落
我，國家般上升，在作家的
轉椅中堅守上升的煙！

失敗著，完成著
你抽回自己的手
抽回自己的血

向一位潔白的醫生
向醫生般的心！

無法確定，我
真的無法確定
只能久久地病著，習慣著！

寧靜的暴力令我疲倦
面對不作聲的小小屠殺
泛黃的燈泡發脆
不涉及秘密寫作所需的光線
揭露真相的努力
手在羞怯地生長！

手指將被暗暗摘除！

51

黑暗的鐵證就是燈
最易被打碎的那種
把我籠罩，它的光芒
網羅我，囚禁我

我也在說，我們同屬

趨光性強的一群

婦女的鏡子，已被打碎！

永不結束的圓滾向我

具體而真切，像黃金的車輪

在我的紅色心臟之下

更強烈地轉動

我到哪裡結束！

室內那些樹也意在觸及

天空，從一個房間

到另一個房間，霧發揮

自己殘酷的想像

我只是室內的迷途者

腦白質，不，神經質！

52

我已經安於風暴最劇烈的一端

它突入我的勇敢的睡眠

不忠實，也不敢肯定
鋒利的臉捲口了，忍不住了！

熟睡使你不知去向，手在鋸
手，這熟睡的具體部分
轉動著別人的念頭，轉動
有限的熱血！

在奔逃中，在空前的自由中
遠方的一位友人吶喊
佔滿了整張臉，我在另一張臉上
呼喊，撕著手！

53

哪怕合法、高尚、而且自由
為人的手所不屬
銀行超然的高度也無法掩蓋
這排肉體的囚徒
格鬥中的、飛行中的
輕金屬和塑料，遵循
武器的準則，逃之夭夭！

飛行器巨大，但不容人
它正在我的懷中！

有的柔情的游泳池
在飛機上，有的激動的飛機
在游泳池裡，我
在游泳家的手臂之外，我
在飛行家的目光之外，愛
呵愛！

54

翻過我暗藏的一面
是我不合理的一面，再翻過去
我來到你的面前
沒有秘密，沒有要被割去的
舌頭，承受著
語言的重量，我薄而且輕！

我在書中，等你，消滅你！

55

河，橫過來了，河
掃到我的身子，水
比鐵硬，切斷我，分裂我
作出獨立的結論！

我在你的襲擊中
手的，有力的，至高無上的
倒下去，在你的襲擊中
我無法接近你，無可挽救地
投身倒下去的漫長過程
手抓住！

我宣布脫離，靈魂與肉
一團一團地被擲出
都作過掙扎，不新鮮
不新鮮，不新鮮！

我要一隻腳印一隻腳印地遼闊起來！

56

一個偉大的消息落成了
世界，正奮不顧身地
向暗處轉移
並不確切的，更不確切！

我無心再失敗了，和你
共同把意志挖開，那心靈深處
那腦海深處，俗不可耐地
高傲地、無盡地
湧出失敗的涼意！

我一個人，深情地
把自己推入冬天！

否定的力量軟弱
像你無助的決心，下了
雪，保持了冬天的壓力
給肉體的
遙遠，赤道上的

一杯冰水在我胸口
使我無法翻身！

這幾分鐘的
離開意味著消失，意味著
無法消滅，彼此離開
使各自遠遠地找到了敵人
感情生活席捲，有人的氣味的
房子不見了！

57

無言中世界已經響過，裂開了
眼睛！

58

人來了，充滿著概念！

59

向應有的一切發出時間
像牌，像握在自己手中的
生命的牌，又是一夜
遲疑，果斷，不鬆手，決
不鬆手，已經有一個被琥珀浸透的
城市無可挽回地流走！

向手致敬，就用手
壓低帽檐，壓低
胸口的悲痛，手
挖開了墓地的華年！

我，多麼像一個未亡人
男性的鬍鬚上
滾動著淚珠，鋼珠
孝服上有突擊隊的標誌
婚禮，婚禮！

這是致命的開端，風向標
消失在暴風之中

中國的保暖壺消失

在溫水之中！

60

你還想從精神上消滅我嗎？你還想

從肉體上把我救活

這是我自己的責任

用手術刀，躺到手術台上去

兩個人用擔架抬

前線的戰壕裡留下了我的軀體

古老的戰爭呵如今

在胸口發生！

劇烈的咳嗽，劇烈的顫抖

靈魂就托在手上了

向誰奉獻，像一枝槍

槍管柔軟地彎了下來

朝向我，完成金屬的、更高級的非金屬的

動作，無聲地、不留下任何痕跡地

槍，狠狠地響了一響

醫院被震落了一身白！

298
愚行之歌——孟浪詩選

61

我洶湧地看到，盲目的信仰
如何加急，成千上萬的行動者
馬蹄敲打著水面，弄亂我的臉
我根本不凝視水中的我
一個更完整的馬隊，起伏著
傳遞這一陣盲目！

再短促的生命也有餘量
拿在我手上的那一截
讓你們徹底不見了生命的盡頭
更多的人需要支持，旗幟
來自溫暖的布匹，一口氣
我們都來自糧食！

遼闊呵遼闊，我縱筆書寫的地方
就是這張桌子
朝天空敞開，星際的爭鬥
揚起塵埃，向同一個方向遁去
落入我的懷中，一顆心臟的跳動
使我永遠地降下了手，多麼可怕

繼續思想著的頭顱在桌子上方

不再上升！

我狠狠地病了一場，醫院

撲向我，是痛恨我，嚴禁攀摘

花朵，陷進泥淖裡了，樓群呵樓群

還有誰用刀子在皮膚上劃著十字

藥力在水面發作，遠離漣漪

我後來的笑容酷似資產者

鮮花店，和豺狼相去不遠！

62

早夭的千歲老人充滿著矛盾

熟睡在我二十七歲的懷中，早夭

是他的幼子，在戰爭中

濺入炸彈無窮盡的內部

正在凋謝中的花朵上空

我是遲到的、理性的蜜蜂

漫不經心地嗅了嗅

不朽，他動了動

那麼微弱，那麼心跳

還在我的懷中，和諧，平靜

可以讓你入夢！

選擇陌生世界的人，選擇了

陌生的詞彙，不成為魚

涉過這片淺海，同樣肯定

陌生的潛水員孤獨的存在，他的手指在游動

他在更高處，言語

把窗推向遠方，遙不可及

關節活動的聲音使他驚醒，還有利斧

還有更高的存在

他的追隨者正在氾濫

並且詞不達意！

　　　　　　　　　　1988.1.11深圳－9.28長沙，初稿

　　　　　　　　　　1989.8.17- 8.18深圳，抄定

跋　微火繼續閃爍，岩漿繼續湧動

　　三十五年前的1978年，掙脫出毛澤東式極權專制主義黑暗統治冰川期的中國開始「解凍」，一群群從封閉社會的底層和夾縫中奮身而出的年輕人紛紛聚集在一起，北京、上海等地的「民主牆」上除了政治民主、人權自由的籲求外，也出現了張揚自我價值確認、追求美學創新的文學和詩歌的獨特聲音；在民間，紙張粗糙、形制簡陋的油印出版物層出不窮，在漸亮的幽暗中被傳遞、被摘抄、被閱讀、被吟誦，猶如微火閃爍、岩漿湧動……

　　作為一個剛剛開始嘗試寫作現代詩的文學青年，我也正是在這樣一個歷史時刻介入了社會，也介入了文學。這一年的10月，我進入大學——上海機械學院，開始讀大一。而四年前的1974年春天，我在上海北郊的一個縣城寶山開始讀初中一年級，兩年半以後，中國就發生了巨變——唐山大地震、毛澤東去世、「四人幫」被捕、「文化大革命」結束。

　　導致我的人生價值自我探索、自我發現非常關鍵的一點是，在四年大學期間住校的獨立生活，主要是我在專業課程之外不受干預的、廣泛的自主閱讀，這樣的環境讓我獲得了全新的視野和「自我發展」的可能。那是中國的體制內外並舉的「非毛（澤東）化」運動方興未艾的時期，「文革」中被封存的大量中外圖書開始解禁，新的出版物也開始介紹1949年中共

建政後始終被打入冷宮的西方現代思想、現代哲學、現代文學
等作品，並恢復介紹中外經典文學和人文──社會科學類作
品。可以這麼說，我個人人生觀的形成、人生道路的選擇，也
就是發生在這一階段的。當然，作為一個詩人的誕生，我個人
的軌跡與當年中國的社會變革軌跡基本是同步的。

　　必須強調，這一切的發生，除了以上的社會因素之外，主
要來自於我個人的閱讀，來自於書寫和書面文本構成的「超現
實」的強大力量。我清晰記得，1979年讀到羅大岡撰寫的《論
羅曼‧羅蘭》，書中一句羅曼‧羅蘭（Romain Rolland）在青年
寫作期的格言「不寫作毋寧死」，對我觸動最深。羅曼‧羅蘭
之成長為作家的磨難經歷，也似乎激勵了我。我關注的是這一
類自由作家的自我成長、自我實現的心路歷程，對當時羅大岡
的「八股腔」之「論」並無興趣、甚至心生反感。因為當年的
大部分中文出版物，仍然無法完全擺脫毛澤東式文藝思想轄制
的陰影，讀來索然無味。羅大岡此書的副標題我記得竟是「評
資產階級人道主義的破產」。不過感謝羅大岡，他的書提供了
19世紀末葉、20世紀初中葉的歐洲及巴黎的文人精神和文學生
活的豐富信息，讓我看到了人類精神生活中原本已然存在的與
毛澤東政治掛帥的枯燥美學背道而馳、卓然獨立的嶄新文學世
界。所以我當時的讀書生活，也常常必須是審視的、質疑的、
有保留的、有選擇的，雖然選擇的餘地不大。

　　就是在這樣一個開始對世界進行獨立觀察與判斷的階段，
我和曾在同一所小學、中學就讀的兩個同學（即詩人郁郁、冰
釋之）組成了一個沒有命名的文學小團體。我們很長一段時間

都保持著頻密的書信往來和會面交流，有時候甚至常常徹夜長談，交換各自關於寫作、閱讀和思考方面的想法和進展，我們三個人之間的文學創作，也是在這樣的氣氛中頻繁地交流著的。那個時候正是中國官方禁止自發組織、自發刊物（即「民主牆」運動中社會上的民辦團體和雜誌，這些組織和刊物大部分聚焦於政治、時事等主題，少量屬文學類）的緊張時刻，但我們卻反而產生了自己辦刊物的念頭。也許是因為當時十八、九歲的我們，基本身處這些受到官方取締和整肅的「政治異議運動」中心之外，我們平行地、獨立地進行著自己的觀察、思考和探索，反倒沒有太多顧忌。儘管明知也有著風險，但我們堅信這是心靈的自由和表達的需要，與政治無關，所以決定悄悄地幹了。

　　這份雜誌的名字叫《MN》，刊名是我取的，一個隱秘的意思就是「送葬者」（Mourner）。創刊號封面上有一個專輯名，中文是──《形象危機》（Image Crisis）。確實，我們的作品、我們的作為，它是那個時代的中國從社會價值體系到自我價值認知同時發生崩解與重構前後「形象危機」的表徵，也是我們作為那個時代的覺醒者、叛逆者、送葬者最初的「身分認同危機」症候群的體現。也可以說，從此，我作出了作為詩人和作家的人生選擇。

　　1982、83年間地下出版的《MN》第三期，我的詩作前有一行獻辭，把自己的詩作題獻給薩特（Jean-Paul Sartre）、馬爾庫塞（Herbert Marcuse）和切‧格瓦拉（Che Guevara）。在青年時代的我看來，如果說格瓦拉是個動作英雄、行動之王，

馬爾庫塞和薩特，則是在理論和思想層面影響了我當年文化政治上持左翼立場的取態。1980年4月薩特去世後，北京《人民日報》曾登出一塊豆腐乾大小版面的報導，那天我在上海機械學院的報欄裡看到這條消息後，當晚的日記裡寫過「模模糊糊的導師死了」的字句。1970年代末、80年代初，我僅僅只能從譯介過來不多的零碎信息中，發現這些讓我快樂與激奮的思想源泉和動力。那時，馬爾庫塞既令我對極權共產主義採取嚴厲批判和否定的立場，也同時令我對發達資本主義保持高度警惕和質疑。我想，這些影響，主要是人文性的，它們讓剛剛走上文學道路之初即注重形式實驗和語言遊戲的我，也積極傾向於關切社會、關切苦難大眾、關切人性的條件和人類的處境。所以，現在我常常笑稱自己是「右派中的左翼、左派中的右翼」，與這一精神背景有很深的關聯。

自我們青春年少起，我們在爭取思想自由、表達自由、創作自由的里程上已走過了漫長的道路。由於二十多年來極權主義運動在全世界的大規模潰敗，由於長期以來中國民間獨立的反對和制衡力量的犧牲與付出，以及公民社會的成長與崛起，中國和平轉型成為現代憲政民主國家的未來前景似乎正在不是很遠的遠方閃耀。

但需要警惕的是，時代條件的變化，全球化的負面後果也在持續發生，十三億人的中國正充滿史無前例的巨大矛盾。一方面，它是世界上僅剩的最龐大的一個共產極權主義「王朝」；另一方面，它又是全球化資本主義版圖中最為活躍的最龐大疆土，儼然已成為又一個「金元帝國」。作為一個個人寫

作者、個人觀察者、個人思考者，面對這巨大的矛盾，面對這集極權主義罪惡和資本主義罪惡於一身的「雙頭怪獸」，有時不免產生無力感和無助感。中國權貴資本與國際寡頭資本構成的利潤至上、金錢至上、強權至上的反動力量，可能也仍然凶險地窒息著包括中國在內的整個世界的未來希望。紅色極權的資本、金色寡頭的資本沆瀣一氣、無孔不入的佔領和奴役，也許會發生在任何一處人類存在的角落——因此，抵抗對人的自由呼吸、自由想像的壓迫與限制，都是詩人不得不去完成的文學與思想使命。

　　我繼續遵從這一使命的召喚和遣使。在我的精神視野、也是我的生命遠景裡，下列十二個字繼續呈現耀眼的光輝：當下關切、普世關切、終極關切。

　　微火繼續閃爍，岩漿繼續湧動。

2013.12.30

語言文學類　PG1427　中國當代詩典　第二輯05

愚行之歌
——孟浪詩選

作　　　者 / 孟　浪
主　　　編 / 楊小濱
責任編輯 / 鄭伊庭、杜國維
圖文排版 / 連婕妘
封面設計 / 蔡瑋筠

發 行 人 / 宋政坤
法律顧問 / 毛國樑　律師
出版發行 / 秀威資訊科技股份有限公司
　　　　　114台北市內湖區瑞光路76巷65號1樓
　　　　　電話：+886-2-2796-3638　傳真：+886-2-2796-1377
　　　　　http://www.showwe.com.tw
劃撥帳號 / 19563868　戶名：秀威資訊科技股份有限公司
　　　　　讀者服務信箱：service@showwe.com.tw
展售門市 / 國家書店（松江門市）
　　　　　104台北市中山區松江路209號1樓
　　　　　電話：+886-2-2518-0207　傳真：+886-2-2518-0778
網路訂購 / 秀威網路書店：http://www.bodbooks.com.tw
　　　　　國家網路書店：http://www.govbooks.com.tw

2015年10月　BOD一版
定價：370元
版權所有　翻印必究
本書如有缺頁、破損或裝訂錯誤，請寄回更換

國家圖書館出版品預行編目

愚行之歌：孟浪詩選 / 孟浪著. -- 一版. -- 臺
北市：秀威資訊科技, 2015.10
　　面；　　公分. -- (語言文學類；PG1427)(中
國當代詩典. 第二輯)
　　BOD版
　　ISBN 978-986-326-349-4(平裝)

851.487　　　　　　　　　　　　104011314

讀者回函卡

感謝您購買本書，為提升服務品質，請填妥以下資料，將讀者回函卡直接寄回或傳真本公司，收到您的寶貴意見後，我們會收藏記錄及檢討，謝謝！
如您需要了解本公司最新出版書目、購書優惠或企劃活動，歡迎您上網查詢或下載相關資料：http:// www.showwe.com.tw

您購買的書名：_____

出生日期：_____年_____月_____日

學歷：□高中 (含) 以下　　□大專　　□研究所 (含) 以上

職業：□製造業　□金融業　□資訊業　□軍警　□傳播業　□自由業
　　　□服務業　□公務員　□教職　　□學生　□家管　　□其它____

購書地點：□網路書店　□實體書店　□書展　□郵購　□贈閱　□其他

您從何得知本書的消息？

　□網路書店　□實體書店　□網路搜尋　□電子報　□書訊　□雜誌

　□傳播媒體　□親友推薦　□網站推薦　□部落格　□其他_____

您對本書的評價：（請填代號　1.非常滿意　2.滿意　3.尚可　4.再改進）

　封面設計____　版面編排____　內容____　文／譯筆____　價格____

讀完書後您覺得：

　□很有收穫　□有收穫　□收穫不多　□沒收穫

對我們的建議：_____

_____

_____

11466
台北市內湖區瑞光路 76 巷 65 號 1 樓

秀威資訊科技股份有限公司 收

BOD 數位出版事業部

....

（請沿線對折寄回，謝謝！）

姓　　名：＿＿＿＿＿＿＿＿＿＿　年齡：＿＿＿＿＿　性別：□女　□男

郵遞區號：□□□□□

地　　址：＿＿＿＿＿＿＿＿＿＿＿＿＿＿＿＿＿＿＿＿＿＿＿＿

聯絡電話：(日)＿＿＿＿＿＿＿＿＿＿　(夜)＿＿＿＿＿＿＿＿＿＿

E-mail：＿＿＿＿＿＿＿＿＿＿＿＿＿＿＿＿＿＿＿＿＿＿＿